Schauermärchen – Kurzgeschichten mit
GRIMMiger Note

Sebastian H. Tofall

AF190049

Schauermärchen – Kurzgeschichten mit GRIMMiger Note

Sebastian H. Tofall

Text und Cover: © Sebastian H. Tofall, 2019
Schrift Text: © by Rosetta Type Foundry s. r. o.
Schrift Cover: © by Dave 'Squid' Cohen of Sideshow (a DBA of Font Diner, Inc.) und Typomondo
1. Auflage 2019
Herstellung und Verlag:
BoD – Books on Demand, Noderstedt

ISBN: 978-3-749-47200-0

Sei dies Wort das Trennungszeichen!
  Vogel, Dämon, Du musst weichen!
Fleuch zurück zum Sturmesgrauen,
  oder zum pluton'schen Heer!
Keine Feder lass zurücke
  mir als Zeichen Deiner Tücke;
Lass allein mich dem Geschicke
  wage nie Dich wieder her!
Fort und lass mein Herz in Frieden,
  das gepeinigt Du so sehr!
Sprach der Rabe: »Nimmermehr!«

    Edgar Allen Poe

Inhalt

Das Mädchen im Turmzimmer

Es war noch dunkel, als er an diesem Januarmorgen das Haus in Richtung Schule verließ. Sein Weg führte ihn am Friedhof und an der kleinen Kapelle, dann an dem verlassenen Krankenhaus vorbei. Im Stillen verfluchte er jeden Morgen seine Eltern für ihren Geiz, als sie damals dieses Haus gekauft hatten – groß und geräumig, aber dafür sehr günstig wegen der Lage am Stadtrand direkt neben dem Friedhof.

Wie jeden Morgen trabte er an dem Krankenhaus vorbei, das sich bedrohlich in den dunklen Himmel erhob. Die Wände großflächig bewachsen und mit Graffiti beschmiert, die Fenster teilweise zerbrochen, das Gelände umgeben von einem altersgezeichneten Zaun. An den Wochenenden wurde hier oft eingebrochen und randaliert. Unter den Kids im Dorf war es eine Art Mode geworden, hier einzusteigen und das Gemäuer zu verwüsten.

Sein Blick blieb am oberen Ende der Fassade hängen. In der obersten Etage, direkt unter dem

Dach, im Turmzimmer, wie er es in Gedanken nannte, brannte Licht.

Seit das Krankenhaus vor über zehn Jahren geschlossen wurde hatte hier kein Licht mehr gebrannt. Er dachte eigentlich, dass das Gebäude gar nicht mehr an das Stromnetz angeschlossen wäre. Aber an diesem Januarmorgen brannte da oben unter dem Dach eindeutig eine Lampe. Den Blick wie gefesselt auf das Fenster gerichtet, war er nun sogar stehen geblieben. Noch während er erstaunt hinaufsah, erschien eine Gestalt am Fenster:

Ein Mädchen mit langen blonden Haaren, die sie im Schein der Lampe bürstete.

Er schaute auf die Uhr. In zehn Minuten kam der Schulbus, sieben brauchte er noch bis zur Haltestelle. Fehlstunden konnte er sich nicht leisten, also riss er seinen Blick von der Blondine im Fenster los und eilte zur Haltestelle.

Die Dämmerung war bereits hereingebrochen, als er aus der Schule zurückkehrte. Den ganzen Tag hatte ihn das Mädchen aus dem Turmzimmer in seinen Gedanken verfolgt. Jetzt, als das alte Krankenhaus wieder in sein Blickfeld kam, begann sein Herz zu klopfen. Fragen wirbelten ihm durch den Kopf. Fragen, die ihn schon den ganzen Tag beschäftigten: Hatte er sich heute Morgen nur eingebildet, jemanden gesehen zu haben? Wenn nicht, war sie dann vielleicht immer noch da? Wer war sie? Was machte sie morgens in einem verlassenen Krankenhaus?

Das Zimmer konnte er erst sehen, nachdem er an dem Gebäude bereits vorbeigegangen war. Absichtlich ging er noch einige Meter weiter, bevor er sich umdrehte und den Blick hob.

Nichts. Kein Licht, kein Mädchen, kein Haarebürsten.

Halb enttäuscht, halb erleichtert wendete er sich ab und ging weiter. Auf Höhe der efeubewachsenen Friedhofskapelle drehte er sich noch einmal um. In der Bewegung eingefroren, das Herz einen Schlag aussetzend, starrte er auf das Fenster. Im schwachen Licht der in die Jahre gekommenen Zimmerbeleuchtung kämmte sich ein Mädchen, nicht älter als er selbst, die langen blonden Haare.

Unüberhörbar knurrte sein Magen. Hunger. Egal! Schon war er am Zaun, schon hatte er seine Schultasche hinüber geworfen, schon war er selbst hinaufgeklettert.

Der Sprung vom Zaun wurde durch das seit Jahren nicht mehr gemähte feuchte Gras und Moos auf der anderen Seite gefedert. Mit wenigen Schritten war er bei seiner Schultasche und hatte sie sich wieder über die Schulter geworfen. Noch einige Schritte weiter und er gelangte auf einen schmalen Pflastersteinweg, der, wie er wusste, zum Haupteingang führte. Zwischen den Steinen wucherten Unkraut und Gräser, die seine Schuhe streiften. Von dieser Seite der Klinik aus konnte er das erleuchtete Fenster nicht sehen. Als er die Stufen zum Portal erreichte, hoffte er inständig, dass sie noch da war, wenn er das Zimmer erreichte.

Das letzte Mal hatte er dieses Gebäude vor vier Jahren für eine Mutprobe betreten. Schon damals hatte die Tür gefehlt. Der Eingang war lediglich durch eine halb durchgebrochene Holzplatte versperrt, die sich mühelos überwinden ließ.

Einen Moment lang mussten sich seine Augen an die Dunkelheit im Inneren des Gebäudes gewöhnen, dann wurden die Umrisse deutlicher und schließlich zeichnete sich das Bild des Verfalls deutlich vor seinen Augen ab.

Die einst weiß gestrichenen Wände waren angegraut, auf dem gefliesten Boden lag eine Schicht aus Staub und Dreck und ein modriger Geruch setzte sich in seiner Nase fest.

Menschenleer lag der Flur vor ihm. Ganz am Ende, das wusste er, befand sich die Treppe, die ihn zum Turmzimmer bringen würde.

Langsam setzte er sich in Bewegung. Seine Schritte hallten, obwohl er sich so leise er konnte bewegte, laut von den kahlen Wänden wieder. Viele der Türen, die links und rechts des Korridors abgingen fehlten ganz oder waren aus den Angeln gebrochen worden.

Vorsichtig sah er in jeden unversperrten Raum, den er passierte, um nicht unangenehm überrascht zu werden. Niemand war zu sehen. Niemand außer ihm schien in dem Gebäude zu sein. Niemand außer ihm und dem Mädchen mit dem blonden Haar.

Er erreichte das Treppenhaus. Dachte er, der Flur würde den Verfall und die Zerstörung des Gebäudes wiederspiegeln, so musste er sich jetzt einen gewaltigen Irrtum eingestehen. Das gusseiserne Treppengeländer war an allen Ecken verbogen, manche Streben waren gewaltsam herausgebrochen worden. An die Wände waren Graffitis mit wüsten Beleidigungen gesprüht worden und die marmornen Stufen der Treppe waren teilweise stark beschädigt. Vermutlich hatten die Vandalen, die die Streben aus dem Geländer gebrochen hatten, diese genutzt, um auf die Stufen einzuschlagen, bis große Kanten aus diesen herausgebrochen waren. Manche dieser Brocken lagen noch auf der stellenweise moosbewachsenen Treppe und komplementierten das Bild von Chaos und Zerstörung. Zu dem Moder gesellte sich nun auch noch ein penetranter Uringeruch.

Vorsichtig, auf jeden Schritt achtend, erklomm er Stufe für Stufe. Auf Höhe der ersten Etage ließ der Uringeruch langsam nach. Er blickte kurz den verlassenen Flur entlang, verließ das Treppenhaus jedoch nicht, sondern setzte seinen Anstieg fort. Zweite Etage, dritte Etage.

Noch wenige Stufen, dann würde er die vierte und letzte Etage erreichen. Die Etage, an deren Ende das von ihm so genannte Turmzimmer lag.

Er nahm die letzte Stufe und stand am Ende eines weiteren ausgestorbenen Korridors. So weit oben war er auch auf früheren Streifzügen durch das Haus nie gewesen. Inzwischen war die hereingebrochene Dämmerung einer finsteren Nacht gewichen.

Erneut knurrte sein Magen, während der Flur dunkel und bedrohlich vor ihm lag. Er machte einen Schritt nach vorne. Sofort erfüllte ein lange wiederhallendes Klirren das Gebäude. Ein angestrengter Blick auf den Boden zeigte ihm die Strebe des Treppengeländers, hinter die er soeben getreten hatte. Sein Blick richtete sich wieder nach vorne, doch da war immer noch nur der leere Flur, dessen Ende sich in der Dunkelheit verlor. Er schluckte einmal schwer, dann schritt er weiter mutig voran. Weiter ins Dunkel, weiter ins Ungewisse.

Wieder ein Klirren. Dieses Mal hatte es einen gläsernen Klang – scheinbar eine Flasche, die nächtliche Besucher zurückgelassen hatten. Erneut hielt er inne und blickte angespannt nach vorne und erneut war nichts als die grauen Umrisse des Korridors zu erkennen. Kein Licht am Ende des Flurs, nicht einmal ein unter der Tür durchdringender Schimmer.

Er begann zu zweifeln. War sie noch da? War sie überhaupt jemals da gewesen?

Er war schon so weit gegangen, jetzt wollte er es auch wissen. Also weiter. Das Ende des Ganges erhob sich aus der drückenden Dunkelheit. Noch drei Türen, dann war er da.

Hier oben hatte die Zeit noch nicht so deutliche Spuren hinterlassen, wie am Rest des Hauses. Alle Türen hingen hier noch in den Angeln. Und ausnahmslos alle waren geschlossen.

Noch zwei Türen. Sein Herz hämmerte gegen seine Rippen. Warum war er eigentlich so aufgeregt? Sie war doch auch nur ein Mädchen. Ein Mädchen, das sich in einem verlassenen Krankenhaus zu merkwürdigen Uhrzeiten die Haare bürstete, aber ansonsten ein normales Mädchen. Oder nicht?

Noch eine Tür. Langsam kamen ihm erhebliche Zweifel. Warum sollte ein normales Mädchen sich hier so lange herumtreiben? Was, wenn sie gefährlich war? Wenn sie ihn gezielt hergelockt hatte?

Er war vor der Tür angekommen. Der letzten des Korridors. Der Tür zum Turmzimmer. Unentschlossen und mit Unbehagen stand er auf dem Flur. Wenn er seinen Arm ausstreckte, konnte er die Hand auf die Klinke legen. Doch etwas hielt ihn zurück. Der Blick ging noch einmal den leeren Flur entlang, verweilte einen Moment im Dunkel, dort, wo das Treppenhaus sein musste, kehrte dann zur Tür zurück. Zum Boden vor der Tür. Dem Boden, der genau so finster war, wie der Rest des Korridors. Und das, obwohl er einen Luftzug durch den Spalt unter der Tür spüren konnte.

Langsam hob er den Arm. Die Hand streckte sich zur Türklinke. Noch wenige Zentimeter, dann würde er sie ergreifen und das kalte Metall hinunter drücken. Dann würde er sehen, was sich in dem Raum verbarg.

Den Bruchteil einer Sekunde berührten seine Fingerspitzen die Klinke. Ohne ihm Zeit zu lassen, das Metall herunter zu drücken, sprang die Tür auf. Sie schwang so weit, dass sie lautstark gegen die Wand krachte. Plötzlich war er von Licht überflutet. Licht, das aus dem hell erleuchteten Zimmer vor ihm drang. Von der Helligkeit geblendet hielt er sich schützend einen Arm vor das Gesicht.

Zwischen seinen Fingern hindurch sah er auf der gegenüberliegenden Seite des Raumes eine Gestalt. Auch wenn er sie, solange seine Augen sich an das Licht gewöhnten, nicht richtig erkennen konnte, war er sich doch sicher, dass es das Mädchen mit dem blonden Haar war.

Sie stand mit dem Rücken zum offenen Fenster, barfuß und in ein knöchellanges weißes Kleid gehüllt und sah ihn an. Die langen blonden Haare wehten durch das Fenster hinter ihr in die Nacht hinaus.

Etwas so schönes hatte er noch nie gesehen. Er glaubte nicht an Liebe auf den ersten Blick, doch in diesem Moment spürte er, wie er sich in das mysteriöse Mädchen verliebte. Er starrte sie an, unfähig, etwas zu sagen.

Aber sie sagte etwas. Mit leiser Stimme, nicht mehr als ein Flüstern: »Rapunzel, lass dein Haar herunter.«

Fortwährend blickte sie ihn an. Auch, als sie langsam nach hinten durch das offene Fenster kippte.

Obwohl er nach wie vor auf dem Flur stand, hatte er das Gefühl, sie blicke ihn immer noch an, auch als sie schon lange aus seinem Sichtfeld gefallen war.

Endlich reagierte er. Rannte zum Fenster, streckte den Kopf hinaus. Draußen war es etwas heller als auf den Fluren des Krankenhauses, da entfernte Straßenlaternen Licht spendeten. Trotzdem war der Boden vier Stockwerke weiter unten nur als eine graue Ebene auszumachen. Eine graue Ebene, aus der sich knapp drei Meter von der Mauer, die er hinunterblickte, entfernt, eine weiße Gestalt abhob. Sie lag im Gras, Arme und Beine von sich gestreckt, die Haarpracht unter sich begraben. Lag da und sah aus, wie ein gefallener Engel.

Einen Moment lang wollte er ihr einfach nur hinterher springen. Ohne zu wissen, was er tat, hatte er bereits einen Fuß auf die Fensterbank gestellt. Dann besann er sich und ließ von dem Fenster ab. Er drehte sich um und rannte aus dem Zimmer, spurtete den Korridor entlang und flog beinah die Treppen hinunter. Zweimal stolperte er über auf den Stufen liegende Gesteinsbrocken, zweimal konnte er sich gerade noch abfangen.

Die unangenehmen Gerüche des Treppenhauses nahm er gar nicht mehr wahr. Nur ein Gedanke beseelte ihn: Er musste zu ihr. Ihr helfen. Bei ihr sein. Schon hatte er das den Eingang versperrende Brett überwunden, schon war er im Gelände, schon um das Gebäude herum.

17

Außer Atem kam er unter dem erleuchteten Fenster zum Stehen. Aber da war niemand.

Verzweifelt sah er sich um. Er rief sogar nach ihr. Keine Reaktion.

Panik stieg in ihm hoch. Aus der Panik wurde Verzweiflung, die Verzweiflung wich dem Zweifel. Erneut fragte sich, ob er das Mädchen wirklich gesehen hatte. Er fragte sich, ob er gerade verrückt wurde.

Er fiel auf die Knie, an der Stelle, wo er sie von oben gesehen hatte. Dort, wo sie gelegen hatte, war der Boden warm. Er war nicht verrückt, das wusste er. Sein Magen knurrte.

Begegnung an der Halte-stelle

Die Busbeleuchtung flackerte. Tim saß auf seinem Stammplatz im hinteren Teil des Busses. Seit er vor zwei Jahren seine Ausbildung bei einer großen Computerfirma angefangen hatte, nahm er jeden Morgen die Linie 15. Seit dem ersten Tag stieg er an der ersten Haltestelle der Linie ein und setzte sich auf den immer gleichen Platz im hinteren Teil des Fahrzeugs.

An den drei folgenden Haltestellen stieg nie jemand zu. Nicht in diesen frühen Bus um 6:55 Uhr. Die beiden folgenden Busse der Linie würden sich mit Schülern füllen, aber nicht dieser.

Es war in den Jahren zu einem eigespielten Ritual geworden, dass Tim einstieg, dem Busfahrer einen Pappbecher mit lauwarmen Kaffee in die Hand drückte und ihm einen mittelprächtigen Morgen wünschte. Mittelprächtig deshalb, weil mehr um diese Uhrzeit in dem muffigen alten Bus einfach nicht drin war.

Der Busfahrer, Manni, brummte einen Gruß zurück und jagte anschließend das Gefährt im halsbrecherischen Tempo über die schlaglochreiche Landstraße. Er raste an den drei folgenden Haltestellenhäuschen vorbei, ohne auch nur die geringste Notiz von ihnen zu nehmen, dann hinaus aus dem Ort, durch die Felder in die nächste Stadt. Erst dort hielt er wieder an, um weitere Fahrgäste hinzusteigen zu lassen.

Genau so war es auch heute Morgen gewesen: Tim war eingestiegen, hatte Manni den Kaffee gereicht und einen mittelmäßigen Morgen gewünscht, Manni hatte zurück gebrummt und die Türen geschlossen. Kaum, dass Tim sich gesetzt hatte, heulte der Motor auf und mit einem Ruck setzte sich das Fahrzeug in Bewegung. Nur diese flackernde Busbeleuchtung über Tim war neu. Und nervig.

Der Bus passierte das erste Haltestellenhäuschen. Dann das Zweite. Das Flackern der Busbeleuchtung wurde stärker.

Manni raste an der dritten Haltestelle vorbei und Tim, dessen Blick zufällig aus dem Fenster fiel, glaubte seinen Augen kaum. Das erste Mal seit zwei Jahren saß dort jemand auf der hölzernen Bank: Eine Frau, Ende zwanzig, mit langen schwarzen Haaren, die unter ihrer roten Kapuze hervor wallten.

Warum hatte Manni nicht gehalten? Tim hatte sich schon halb erhoben und auf den Weg zum Fahrer gemacht, als er sich eines Besseren besann. Er ließ sich wieder auf seinen Sitz fallen. Sollte sie doch die zwanzig Minuten auf den nächsten Bus warten. In dieser hecktischen Zeit konnte man doch froh sein, wenn man mal etwas Zeit für sich alleine gewonnen hatte. Und überhaupt: Bis Manni gewendet und sie eingesammelt hatte, wäre die nächste Linie 15 ohnehin schon ganz nah. Dann lieber so. Dadurch brauchte er auch nicht fürchten, zu spät zu kommen.

Die Lampe über ihm gab nun endgültig den Geist auf. Mit einem mechanischen Klicken erlosch sie und ließ Tim im morgendlichen Dämmerlicht weiterfahren.

Zehn Minuten später verließ er den Bus, um das letzte Stück seines täglichen Arbeitsweges zu Fuß zurückzulegen. Die Frau mit der roten Kapuze war schon längst wieder aus seinen Gedanken verschwunden. Erst, als er am Abend in den Bus zurück stieg, dachte er wieder an sie. Sein Blick huschte kurz suchend über die Sitzreihen, dann setzte er sich kopfschüttelnd auf den Platz direkt hinter dem Fahrer. Fast alle anderen Plätze waren besetzt, aber keiner von einer Frau mit schwarzem Haar und roter Kapuze.

Während sich der Bus Station für Station leerte, verlor Tim sich in Gedanken an das Computerprogramm, das er mit entwickeln durfte. Ein Projekt, das vermutlich mehrere Monate dauern würde und der Firma am Ende eine höhere siebenstellige Summe einbrachte. Kein anderer Auszubildender durfte daran mitarbeiten. Aber auch kein anderer Auszubildender hatte seine Qualifikation. Sein Chef hatte ihn sogar einmal als ein »Genie an der Tastatur« bezeichnet. Das war vielleicht etwas zu viel der Ehre, doch es stimmte schon, er wusste mit Computern umzugehen.

Als letzter Fahrgast verließ er den Bus und trabte nach Hause, wo er sich alsbald ins Bett fallen ließ und fast sofort einschlief.

Am nächsten Morgen stellte er, nachdem er Manni seinen lauwarmen Kaffee in die Hand gedrückt hatte, leicht genervt fest, dass die Lampe über seinem Stammplatz immer noch flackerte. Er nahm sich vor, Manni mal darauf anzusprechen, setzte sich aber trotzdem auf seinen üblichen Platz unter der defekten Beleuchtung.

In Gedanken ging er bereits die Routinen durch, die es heute zu programmieren galt. Unwillkürlich hob er nach der zweiten passierten Haltestelle den Kopf und sah aus dem Fenster.

Die Bank näherte sich und auf ihr die Frau mit der Kapuze. Heute konnte er sie sich etwas genauer ansehen, während Manni an ihr vorbeifuhr ohne anzuhalten. Sie war hübsch, wenn auch sehr blass und etwas kränklich aussehend.

Warum hatte Manni schon wieder nicht angehalten? Tim beschloss, diese Frage mit auf seine Gesprächsliste für den nächsten Morgen zu setzten, dann kehrten seine Gedanken zur Arbeit zurück, wo sie verweilten, bis er aussteigen musste. Beinah hätte er seine Haltestelle verpasst, so vertieft war er in seine Gedanken.

Auf dem kurzen Fußweg bis zu dem großen Bürogebäude, in dem sein Arbeitsplatz lag, rempelte er gleich mehrere Personen an, die er gedankenversunken nicht wahrgenommen hatte. An seinem PC angekommen tippte er den ganzen Tag fast ununterbrochen auf die Tastatur. Das Programm schrieb sich fast von alleine und als er abends zum Bus zurück ging, war Tim rundum zufrieden mit sich und dachte zum ersten Mal an diesem Tag an gar nichts. Nicht einmal an die Dame mit der roten Kapuze.

Diese kam ihm erst am nächsten Morgen wieder in den Sinn, als er zu Manni in den Bus stieg und ihm den Kaffee hinstellte. Neben dem üblichen Morgengruß fragte er aber auch: »Wann wird denn die Lampe dahinten repariert?«

Manni warf einen Blick über seine Schulter in den hinteren Teil seines Fahrzeugs und zuckte mit den Schultern.

»Ich verstehe«, sagte Tim wenig begeistert, »und warum fährst du immer an ›Spinners Ende‹ vorbei ohne die junge Frau einsteigen zu lassen?«

Manni blickte überrascht von seinem Kaffee zu Tim hoch: »Welche Frau? Da hat in den zwanzig Jahren, die ich diese Tour fahre noch nie eine Frau gesessen.«

»Doch, doch. Seit zwei Tagen sitzt sie da«, sagte Tim, dann ging er zu seinem Stammplatz und setzte sich unter die flackernde Beleuchtung.

Manni schloss die Tür und begann seine wilde Fahrt. An der Haltestelle Spinners Ende stoppte er das Fahrzeug und rief Tim zu: »Und, wo ist jetzt deine Frau?«

Völlig verständnislos blickte Tim aus dem Fenster auf die Holzbank neben dem Haltestellenschild, auf der die junge Frau saß und ihm in direkt in die Augen sah. Wollte Manni ihm einen Streich spielen oder bildete er sich die junge Frau nur ein. Eine Kreation seines Unterbewusstseins, weil ihn das neue Projekt so stresste oder so?

Tim war sich sicher, dass er sie sich nicht einbildete, doch da sie starr auf der Bank saß, ohne das geringste Zeichen, den Bus betreten zu wollen, sagte er nichts weiter, als Manni wieder anfuhr.

Sein Blick blieb auf ihr hängen, als sich die Bank langsam wieder aus seinem Sichtfeld entfernte. Kurz bevor sie ganz außer Sicht war, stand die Frau auf und sagte: »Komm zu mir, Tim«

Seine Nackenhaare sträubten sich. Es war nicht nur diese kalte knarrende Stimme wie aus dem Grabe, die ihm einen Schauer über den Rücken laufen ließ, sondern auch die Tatsache, dass er sie so klar und deutlich hörte, als säße ihre Quelle direkt neben ihm.

Als sein Herzschlag wieder eine normale Frequenz erreicht hatte und die Gänsehaut abgeklungen war, kam Tim zu dem Schluss, dass er sich die Dame doch nur eingebildet hatte. Oder zumindest ihr Rufen nach ihm. Anders war dieses Phänomen logisch nicht zu erklären.

Dennoch ließen ihn diese vier Worte den ganzen Tag nicht mehr los. Er konnte sich kaum auf die Arbeit konzentrieren, vertippte sich so oft, wie sonst in einem ganzen Monat nicht und verließ schließlich deutlich früher als sonst sein Büro.

Den Bus nach Hause verließ er an diesem Tag schon am Spinners Ende. Er wartete, bis der Bus etwa einhundert Meter weitergefahren war, dann wechselte er die Straßenseite und begutachtete die Bank, die er sonst immer nur durch das Busfenster sah. Eine stellenweise etwas morsch wirkende, von Generationen wartender Schüler eingeritzte und beschmierte Holzbank, wie jede andere auch. Und doch war Tim, als ginge von dieser Sitzgelegenheit eine magische Anziehungskraft aus, die ihn schon fast zwang, auf ihr Platz zu nehmen.

Er gab nach und ließ sich auf der Bank nieder. Für einen Moment schloss er die Augen und atmete tief ein. Er konnte den Geruch der angrenzenden Felder wahrnehmen, der den baldigen Frühling ankündigte. Der Lärm der Straße schien ihm plötzlich viel weiter entfernt. Er spürte die

Anspannung, die ihn seit dem Morgen verfolgte von sich abfallen.

»Du bist gekommen.«

Diese Stimme, die Tim an das Quietschen von Kreide an einer Tafel erinnerte, ließ ihm das Blut in den Adern gefrieren. Er riss die Augen auf und sprang tatsächlich vor Schreck von der Bank auf, denn direkt neben ihm saß die mysteriöse Frau.

»Hab keine Angst«, sagte sie mit einem Ton, der ihn wohl beruhigen sollte. Doch nichts an dieser Stimme konnte Tim beruhigen.

Er wich noch einen Schritt weiter zurück und beobachtete die Frau auf der Bank. Sie war wirklich sehr hübsch. Sah jung aus und trotz ihrer Blässe schien es, als würde sie von innen heraus strahlen. Sie war schlichtweg das genaue Gegenteil ihrer Stimme. Tim sah ihr in die Augen und spürte, wie er sich nun doch wieder beruhigte. Er setzte sich wieder zu ihr auf die Bank. Sein Blick hing nun wie gefesselt an ihr.

»Wer bist du?«, fragte er fast wie in Trance.

»Quinn«, sagte sie und stand auf. Sie ging einige Meter in Richtung der an das Dorf grenzenden Felder, dann drehte sie sich um und fragte: »Kommst du mit mir?«

Tim nahm kaum wahr, dass ihre Stimme plötzlich nicht mehr so kalt war, sondern sich viel mehr ihrer restlichen Erscheinung angepasst hatte. Es hätte aber ohnehin keinen Unterschied gemacht, er wäre ihr sowieso überall hin gefolgt, denn Quinn, das wusste er, war sein Schicksal.

Diese junge Frau mit der roten Kapuze, die nun in der Abenddämmerung auf die Felder zulief, war alles, was er wollte, war die Erfüllung all seiner Träume.

Ohne darüber nachzudenken – was sonst gar nicht seine Art war – lief er ihr nach und gemeinsam gingen sie an der Straße entlang auf der jetzt nur noch wenige vereinzelte Autos unterwegs waren. Bald würde auch der letzte Dörfler von der Arbeit zurückgekehrt sein, dann lag die Straße bis zum nächsten Morgen ruhig und verlassen da.

Die Dunkelheit senkte sich schnell über die beiden herab.

»Wohin gehen wir?« fragte Tim.

»Nach Hause« antwortete Quinn. Tim wunderte sich zwar über diese Antwort, da nichts als die frisch bestellten Felder vor ihnen lag, aber es war ihm im Grunde vollkommen egal, wo die Reise hinging, solange sie nur bei ihm war.

Ungewöhnlich schnell war es finstere Nacht geworden und sein Blickfeld reichte kaum drei Meter weit. Tim sah nur noch den Gehweg direkt vor seinen Füßen und Quinn neben sich.

Quinn, die plötzlich anfing zu schwanken und dann ungebremst auf die Straße fiel. Mit dem Gesicht auf dem Asphalt blieb sie liegen.

Tim kniete sich sofort neben sie auf die Straße und drehte sie auf den Rücken. Er sprach sie an, doch sie regte sich nicht. Seine Hand wanderte an ihren Hals, um den Puls zu fühlen, doch er fand ihn nicht.

Dafür merkte er bei dieser ersten Berührung der beiden, dass Quinn kalt wie Stein war.

Panik stieg in ihm auf. War sie tot? Er erinnerte sich an eine Filmszene, in der ein paar saftige Ohrfeigen geholfen hatten, das Opfer aus seiner Ohnmacht zurückzuholen. Mit zitternder Hand holte er aus.

»Das tut mir jetzt wirklich leid« sagte er.

In dem Moment, da er bereit war, die Hand auf das schöne Gesicht niederschlagen zu lassen, öffnete Quinn ihre Augen und sagte: »Willkommen zuhause.«

Zeitgleich leuchteten direkt vor Tim die Scheinwerfer eines LKWs auf. Er blickte zu dem nur wenige Meter entfernten Fahrzeug auf, dann sofort wieder herunter zu Quinn, doch sie war verschwunden. Nichts deutete darauf hin, dass hier vor Sekunden noch ein Mensch am Boden gelegen hatte. Tims Blick richtet sich auf den nur noch knapp einen Meter entfernten Truck. Er wusste, dass es zu spät war. Schützend hob er einen Arm vor das Gesicht.

Das laute Hupen des LKWs und das Quietschen der bremsenden Reifen waren im gesamten Dorf zu hören.

Irgendwo aus dem Nichts der Dunkelheit wehte ein grausames, kaltes Lachen über die Felder.

Rot wie Schnee

24. Dezember, 2.00 Uhr nachts. Sie lag in ihrem Bett und starrte an die Zimmerdecke.

2.00 Uhr nachts – noch vor ein paar Jahren hätte sie die Gelegenheit genutzt, um sich ins Wohnzimmer zu schleichen und versteckt auf den Weihnachtsmann zu warten. Aber jetzt lag sie da, in die behagliche Decke gekuschelt, auf die Augen drückende Dunkelheit, die Müdigkeit einer unterbrochenen Nacht in den Gliedern.

Ihr Blick fiel aus dem Fenster. Im schwachen Licht einer entfernten Straßenlaterne sah sie dicke, weiße Flocken wirbeln. Den Versuch, wieder einzuschlafen, endgültig aufgebend, traf sie eine Entscheidung. Sie warf die Bettdecke zurück. Aus dem warmen Bett in die Nachtkälte des Zimmers. Rasch hatte sie sich angezogen – die dicke Winterjacke, Handschuhe, Mütze und lange Unterhosen – und die Haustür hinter sich verschlossen.

Unberührt lag der frisch gefallene Schnee vor

ihr. Bisher nur wenige Zentimeter hoch, doch sollte es so weiterschneien...

Sie trat aus dem Schutz der Tür auf die Straße. Der Schnee knirschte unter ihren dicken Winterstiefeln. Sie liebte dieses Geräusch. Bedächtig lauschte sie ihm bei jedem weiteren Schritt. Schneeflocken legten sich auf die nackte Haut ihres Gesichts. Für einen Moment fühlte sie das Kribbeln der kleinen Kristalle auf der Haut, dann waren sie geschmolzen und zurück blieben winzige Wassertröpfchen.

Trotz der Tiefe der Nacht war es nicht dunkel. Die Straßenlaternen spendeten spärliches Licht, das vom Schnee reflektiert wurde. Vom Schnee, der aussah wie eine Zuckergussglasur, gleichmäßig gezogen über Straßen, Wege, Verkehrs- und Straßenschilder, die Hecken und Büsche der Vorgärten ihrer Kleinstadt. Und fast schien es, als würde von dem Schnee selbst ein Leuchten ausgehen. Ein Leuchten, das die Welt mit einem wunderschönen weihnachtlichen Glanz mit leichtem Orangeton überzog.

Nur selten fuhr ein Auto an ihr vorbei und hinterließ seine Spuren auf der weiß berieselten Straße. Sie achtete nicht darauf, wohin ihre Schritte sie trugen. Ihre Aufmerksamkeit galt lediglich den Dampfwolken, die ihr Atem hervorbrachte und dem Knirschen des Schnees unter ihren Schuhen.

In der Ferne hupte ein Auto. So leise und unscheinbar, als versuchte der Winter, das Geräusch zu verschlucken. Doch es reichte, damit sie aus ihrer Trance erwachte. Sie war bis an den Stadtrand gelangt. Hinter ihr lagen die verschneiten Häuser und Gärten des Ortes, vor ihr der winterliche Wald. Der zwischen den Bäumen glitzernde Schnee hatte eine fast schon magische Anziehungskraft.

Was sollte schon passieren? Sie war immerhin achtzehn Jahre alt und konnte auf sich selber aufpassen! Und sie würde doch das Knirschen im Schnee hören, wenn sich ihr jemand näherte...

In ihrem jugendlichen Leichtsinn überquerte sie die Straße und stapfte, einem kleinen Pfad folgend, in den Wald hinein.

Fasziniert betrachtete sie die schneebedeckten Äste und Zweige. Neben dem Knirschen des Schnees folgte ihren Schritten jetzt auch ein leichtes Rascheln der darunterliegenden Blätter. Der Blick in den Himmel zeigte den orangenen Schimmer der Stadtlichter, reflektiert von der Atmosphäre und den niederwirbelnden Flocken, darunter die schwarzen Zweige der Baumkronen mit dem darauf liegenden Schnee. Hin und wieder gab einer der Zweige nach und bog sich unter der Last der darauf liegenden weißen Massen, bis diese zu Boden fiel und der Ast wieder nach oben schnellte.

Je tiefer sie in den Wald gelangte, umso weniger unberührt war der Schnee. Spuren verschiedener Tiere zogen sich über den weißen Boden, kreuzten sich und verliefen dann wieder irgendwo im Dickicht. Mit dem Blick einer Spur folgend entdeckte sie nur wenige Meter vom Weg entfernt ein Reh. Einen nicht enden wollenden Moment lang sahen sich die beiden in die Augen, dann zuckte das Reh zusammen und verschwand zwischen den Büschen.

Den Blick auf die Stelle, an der das Reh verschwunden war, gerichtet, ging sie weiter. Hoffend, das Reh noch einmal zu Gesicht zu bekommen, übersah sie die Spuren auf dem Weg vor ihr. Die der Tiere, aber auch die schweren Schuhabdrücke, die mit weiter Schrittlänge vor ihr herliefen.

Irgendwo vor ihr zerriss das Geräusch eines brechenden Astes die Stille. Ihr Blick wanderte vom Unterholz suchen nach vorne. War es das

Reh, das auf seiner Flucht auf einen Ast getreten war, der dann unter der Belastung nachgab? Oder war es nur einer der vielen Zweige oben an den Bäumen, der sich nun doch der Last des Schnees gebeugt hatte?

Nichts. Nur weißer Schnee und schwarzes Holz. Kein Reh, kein Schneehase, nicht mal ein durch das Knacken aufgeschreckter Vogel.

Das Schneetreiben war dichter geworden. In ihren unter der Mütze hervorguckenden Haarspitzen hatten sich zahlreiche Flocken festgesetzt, die schon fast den Eindruck vermittelten, sie habe weißes Haar. Die vor Kälte rosigen Wangen begannen langsam zu schmerzen und die roten Lippen hatten inzwischen einen leichten Blauschimmer bekommen und zitterten. Sie beschloss umzukehren. Zurück in die behagliche Wärme ihres Bettes.

Kaum zwei Schritte hatte sie gemacht, als erneut ein morscher Ast knackte. Nicht näher, aber doch lauter als der Erste. Seufzend und mit einem sehnsüchtigen Gedanken an das wärmende Bett drehte sie sich erneut um. Die Neugierde hatte gewonnen; so wie immer.

Das Gebüsch und Unterholz links und rechts von sich absuchend schritt sie voran. Ihre Sinne waren geschärft. Sie achtete auf jedes im Wind raschelnde Blatt, das der Herbst an den Bäumen vergessen hatte, sah jeden Ast, der sich unter der Last des Schnees krümmte, fast war es, als könne sie jede Schneeflocke einzeln fallen hören. Jede Flocke des inzwischen so dicht fallenden Schnees, dass sie nur noch wenige Meter weit sehen konnte.

Zum dritten Mal durchbrach knackendes Geäst die Stille. Hinter ihr, nur wenige Meter entfernt. Sie wirbelte herum und sah einen Ast zu Boden fallen. Dicht gefolgt von der Schneemasse, die ihn zum Absturz gebracht hatte. Erleichtert atmete sie auf. Sie wollte noch bis zur nächsten Weggabelung gehen und schauen, ob das Reh nicht vielleicht dort wartete. Sie drehte sich um und erstarrte.

Gerade am Rande ihres begrenzten Sichtfeldes nahm sie eine Gestalt war. Ein Mensch, etwa zwei Meter groß stand, in einen schwarzen Mantel gehüllt, auf einer Lichtung inmitten von rotem Schnee.

Sie zitterte. Doch es war nicht die Kälte des Winters, die langsam an ihren Beinen hochkroch. Als die kalte Angst, die sie erklomm, ihren Rücken erreicht hatte, vermischte sie sich mit der in ihr aufsteigenden Panik. Ihr Herz raste, ihre Augen waren geweitet, die Lunge zugeschnürt. Sie wollte wegrennen, so schnell und soweit sie konnte, doch es ging nicht. Ihre Beine gehorchten ihr nicht. Wie zementiert stand sie im Schneegestöber auf dem Waldweg und beobachtete, was vor ihr lag.

Die ummantelte Gestalt stand mit dem Rücken zu ihr. In ihrer rechten Hand ein Messer mit rot tropfender Klinge. Der nicht bedeckte Teil der Klinge blitze durch den dichten Schnee hinweg auf. Konnte das sein? Konnte das Messer überhaupt aufblitzen? Es war doch in dem Wirbel der weißen Massen überhaupt kein Mond zu sehen. Doch sie war sich sicher: Die Klinge hatte aufgeblitzt!

Ein weiterer roter Tropfen löste sich von der Spitze. Ihm mit dem Blick folgend sah sie es: Das tote Mädchen zu Füßen der Gestalt. Blass wie der Schnee in der Luft, am Hals ein Schnitt, rot wie der Schnee um es herum und die Haare schwarz wie der Mantel ihres Mörders.

Das ausdruckslose Gesicht der Toten war ihr zugewandt.

»Schneewittchen« flüsterte sie. Warum? Warum flüsterte sie, anstatt zu rennen? Was tat sie überhaupt hier, sie sollte doch im warmen Bett liegen und schlafen!

Immer noch wollten ihre Beine ihr nicht gehorchen. Wie angewurzelt stand sie da und blickte in Schneewittchens tote Augen. Langsam hob sie den Blick und für eine Sekunde, in der die Zeit still zu stehen schien, in der die Schneeflocken in der Luft erstarrten und die Dampfwolke ihres Atems ihrem Mund nicht entweichen wollte, blickte sie ihm in die Augen. Ihr immer noch den Rücken, doch nun auch das Gesicht zugewandt, starrte er sie an.

Der Schnee wirbelte wieder, ihre Lunge brannte wieder, ihr Herz raste, als wolle es aus ihrer Brust springen und das Gefühl in ihren Beinen war wieder da. Noch bevor sie daran dachte, wegzulaufen, hatte sie sich bereits umgedreht und ihre Beine in Bewegung gesetzt. Sie rannte. Rannte, wie sie noch nie zuvor in ihrem Leben gerannt war. Der Schnee flog unter ihren Schuhsohlen davon, die wirbelnden Flocken schlugen ihr hart ins Gesicht, die Bäume und Sträucher links und rechts von ihr verschwammen zu einem grauen Schleier.

Sich umzudrehen wagte sie nicht. Zu hoch war das Risiko, vom Weg abzukommen, zu groß die Gefahr zu stolpern.

Zum geschmolzenen Schnee auf ihrem Gesicht mischte sich der Schweiß. Ihre Lungen brannten, ebenso die unbedeckte Gesichtshaut. Die Beine fühlten sich an wie Wackelpudding. Das Bild vor ihren Augen begann zu flackern, doch sie wurde nicht langsamer.

Sie ließ die Bäume, die Sträucher, den Wald hinter sich, hetzte durch die Straßen, vorbei an den schneebedeckten Vorgärten, die sie vor Kurzem noch so bewundert hatte. Vorbei an den Geschäften, in denen allmählich die Weihnachtsbeleuchtungen angingen und vorbei an den Hauseingängen der schlafenden Stadt.

War er noch hinter ihr? Wie weit war er noch weg? Wo wollte sie eigentlich hin? Egal, immer weiter! Weg von hier, weg von der Gefahr! Doch wie lange konnte sie noch rennen? Wie lange noch, bis ihre Beine nachgaben oder ihre Lunge explodierte?

Den Gedanken noch nicht ganz zu Ende geführt, spürte sie einen stechenden Schmerz im linken Fuß. Schwebend, beinah schon fliegend, mit beiden Beinen in der Luft, ging sie langsam in den Sinkflug über. Ihr überraschter Blick traf auf die Kante des Gehwegs, die sie unter dem Schnee nicht gesehen hatte und die ihr zum Stolperstein geworden war. Dann wanderte der Blick weiter die Straße hinter ihr entlang.

Weiß. Nichts als weiß. Schnee auf den Gehwegen, Schnee auf den Straßen, Schnee in der Luft. Keine Gestalt im schwarzen Mantel, kein Messer, kein rot.

Die Schulter traf zuerst den Boden. Zwar wurde der Aufprall durch die inzwischen annähernd zehn Zentimeter hohe Schneeschicht gefedert, war aber trotzdem hart. Der Schmerz durchfuhr sie, als der Schulter der Rücken folgte und sie durch den Schnee rutschte.

Sie blieb noch einen Moment liegen, den bangen Blick auf die Straße gerichtet. Doch da war niemand.

Keuchend richtete sie sich auf. Zu dem Schmerz in Schulter und Fuß gesellten sich das Brennen ihrer Lunge und des Gesichts und auch ihre Beine wollten sie nicht mehr tragen. Nach einem Augenblick der Orientierung erkannte sie, dass sie fast zu Hause war.

Langsam schleppte sie sich die letzten Meter der Straße entlang. Sie erreichte die Haustür, steckte den Schlüssel ins Schloss und drehte ihn. »Schneewittchen«, flüsterte sie.

Die Hütte im Wald

Die Hütte stand mitten im Wald. Die Zeit hatte ihre Spuren daran hinterlassen. Die Bretter der Wände waren morsch und von Pilzen befallen. Einige der tragenden Streben waren durchgefault und eingebrochen, sodass das Dach sich stellenweise nach innen wölbte und bei Regen ächzte und tropfte. Fenster gab es keine, nur eine Metalltür, die Spuren von mehreren Versuchen, sie gewaltsam zu öffnen aufwies. Doch es war den Vandalen nie gelungen, sich tatsächlich Zutritt zu der Hütte zu verschaffen. Bisher hatte die Tür Stand gehalten und die Vandalen waren irgendwann dazu übergegangen, stattdessen die Hüttenwände mit Graffitis zu beschmieren. Diese wiesen ein breites Spektrum von künstlerischen Namenszügen über Hassparolen bis hin zu äußerst vulgären Beleidigungen auf.

Rentner, die am Tage im Wald spazierten, bezeichneten sie oft als Schandfleck und fragten, warum man das ohnehin bald in sich zusammenfallende Bauwerk nicht einfach abriss.

Ein Plan, den auch die zuständigen Behörden alle paar Jahre mal wieder aufgriffen, zu dessen Verwirklichung es jedoch nie kam. Mal wurden über Nacht die zum Abriss bestellten Arbeiter krank, mal verfuhren sie sich im Wald und fanden die Hütte nicht. Besonders spektakulär war ein Fall gewesen, in dem das Abrissunternehmen mitsamt all seinen Maschinen und Fahrzeugen in der Nacht vor dem Abriss einem Feuer zum Opfer fiel.

Irgendwann hatte sich durch diese Zwischenfälle der Mythos entwickelt, die Hütte sei verflucht. Ebendieser Mythos war es auch, der die Krawall-Kumpels, die gefürchtetste Achtklässlerbande des Ortes – so jedenfalls bezeichneten sie sich selbst – auf die Idee brachte, ihrem jüngsten Zuwachs, Kevin, die Aufgabe zu stellen, eine Nacht in der Hütte zu verbringen, um als vollwertiges Mitglied in der Gruppe aufgenommen zu werden.

Kevin glaubte zwar nicht an Geister, aber etwas mulmig war ihm schon zumute, als er mit seinem für die Nacht gepackten Rucksack durch den abendlichen Wald auf die Hütte zumarschierte. Seinen Eltern hatte er gesagt, er würde bei seinem Homie Jason übernachten. Hätten sie gewusst, was ihr Sprössling wirklich trieb, hätten sie ihm niemals erlaubt, das Haus zu verlassen.

An dem Bretterverschlag angekommen, holte Kevin ein Stemmeisen aus seinem Rucksack und begann, sich an der Tür zu schaffen zu machen. Er war schon öfter hier gewesen und kannte die ramponierte Tür. Deswegen rechnete er auch nicht damit, sie so bald zu öffnen. Dem entsprechend war er angenehm überrascht, als sie sich ohne viel Mühe aufstemmen ließ.

Kevin betrat die Hütte, stolperte jedoch nach wenigen Sekunden röchelnd wieder heraus. Schimmel, Moder und Holzfäule hatten die Luft im Innern so sehr verpestet, dass freies Atmen hier nicht mehr möglich war.

Er wartete einige Minuten an der frischen Luft und aß eine Banane aus seinem Rucksack, dann betrat er die Hütte erneut. Die Luft darin war immer noch ziemlich muffig, aber erträglicher als zuvor. Auf dem staubigen Boden lagen einige Gartengeräte und Säcke mit Dünger und Steinen herum. An der gegenüberliegenden Wand lehnten zwei Liegestühle. Kevin durchquerte mit wenigen Schritten den Raum und begutachtete sie. Es waren zwei alte, mottenzerfressene Liegestühle, aber sie wirkten stabil genug, um die Nacht darin zu verbringen. Er entfernte den Dreck vieler Jahre und die Spinnenweben, dann holte er aus seinem Rucksack einen Schlafsack und legte ihn probehalber auf einen der Stühle.

Zum Schlafen war es noch viel zu früh und Kevin wollte ohnehin so wenig Zeit wie möglich in der Hütte verbringen, darum nahm er seinen Rucksack und den zweiten Liegestuhl und trat wieder aus dem Bretterverschlag.

Die Abendsonne warf sphärisches Licht durch die Baumkronen. Kevin lehnte sich entspannt in seinem Liegestuhl zurück und öffnete eine Cola-Dose. Eine leichte Brise wehte durch die Blätter der Bäume um ihn herum und auch durch seine Haare. So ließ es sich aushalten. Eine wirklich angenehme Mutprobe. Unweigerlich musste Kevin bei dem Gedanken daran grinsen, was die anderen Mitglieder hatten tun müssen, um bei den Krawall-Kumpels aufgenommen zu werden.

Aber die Nacht war noch jung. Wahrscheinlich würden die Jungs später noch um die Hütte schleichen und versuchen, ihn zu erschrecken. Und selbst wenn nicht, dann würde es immer noch unangenehm genug, in der modrigen und verdreckten Baracke zu nächtigen.

Irgendwo in der Nähe knackte ein Ast. Kevin sah sich verunsichert um. Immerhin war er in die Hütte eingebrochen, da musste er nicht unbedingt Zeugen für haben. Doch er sah nur ein Reh, das in einiger Entfernung durchs Unterholz sprang.

Die Sonne versank rasch hinter den Baumkronen und nur wenig später senkte sich Dunkelheit über den Wald. Mit dem Licht schwand auch die Wärme. Zwar war es eine laue Sommernacht, doch im Vergleich zum Tage war die Temperatur um einige Grad gefallen. Kevin zog sich eine mitgebrachte Strickjacke an und trug den Liegestuhl wieder in die Hütte. Er zog die Tür hinter sich zu und schlüpfte bis zur Brust in seinen Schlafsack. Dann nahm er eine tragbare Konsole aus seinem Rucksack und begann, darauf zu spielen.

Das Blut spritzte auf den Bildschirm. Jedes Mal, wenn er einem Zombie den Schädel wegblies. Erst ein Klopfen an der Hüttenwand ließ Kevin von seiner Konsole wieder auf sehen. Er wusste nicht, ob eine oder vier Stunden vergangen waren, seit er in den Schlafsack geklettert war, doch er wusste, jetzt ging es los: Der Spuk, den sich seine Freunde ausgedacht hatten, hatte begonnen.

Mit einem leicht höhnischen Grinsen schlüpfte er aus dem Schlafsack und ging zur Hüttentür. Als er sie öffnete, blickte er in drückende Finsternis. Erst langsam zeichneten sich vor seinen Augen die Umrisse der Bäume des Waldes ab. Dann sah er zwischen zwei Birken eine vermummte Gestalt verharren.

Links von ihm schrie jemand. Eigentlich war es mehr ein Kreischen als ein Schrei. Kevin drehte sich, nach dem Urheber des Schreis suchend, um und sah eine Gestalt in einem weißen Laken auf sich zu springen.

Mit einem Blick auf dessen abgenutzte Turnschuhe begrüßte er das Gespenst: »Hallo, Jason.«

Kevin sah wieder zu den Birken, doch die Gestalt, die dort gelauert hatte, war verschwunden. Jason riss sich enttäuscht das Laken vom Kopf. Hinter ihm tauchte ein weiterer Junge mit einer Zombiemaske auf dem Kopf und einem Beil in der Hand auf. Kevin tat halbherzig, als würde er sich erschrecken und der Maskierte fragte Jason sauer, warum er das Laken ausgezogen hatte.

»Er hat mich erkannt«, antwortete Jason mit hängenden Schultern.

Eine dunkle Gestalt landete krachend direkt vor Kevin im trockenen Laub und dieses Mal erschrak er sich wirklich, dann erkannte er seinen Kumpel Justin, der vom Hüttendach über ihm gesprungen war.

Mit einem Blick auf Kevins sich langsam wieder entspannende Gesichtszüge sagte er: »So geht das, ihr Amateure.«

Sein überheblicher Blick wich einem Ausdruck purer Angst und mit einem stummen Schrei auf den Lippen blickte er auf das Dach über Kevin, von dem er selbst eben gesprungen war. Als die anderen neugierig seinem Blick folgten, sahen sie jedoch nichts als die Dunkelheit und vereinzelt durch das Blätterdach funkelnde Sterne.

Justin rieb sich irritiert die Augen und sagte mit dem Versuch, die Angst aus seiner Stimme zu verbannen: »Wir sind hier fertig. Lasst uns verschwinden, dann kann Kevin pennen.«

»Wovor hast du denn jetzt plötzlich Schiss?«, fragte Jason.

»Ich hab' keinen Schiss, ich find's hier nur öde. Lasst uns gehen und beim Spielplatz an der Magnolienstraße die Schaukeln abtreten«, antwortete Justin. Dann drehte er sich um und stapfte den Waldweg entlang davon.

Die anderen beiden verabschiedeten sich von Kevin, nahmen Laken und Zombiemaske unter die Arme und wollten Justin folgen, als sie seinen Schrei durch den Wald hallen hörten.

»Justin, was ist passiert?!«, riefen sie, doch Justin antwortete nicht. Nur ein paar Vögel schlugen, aufgeschreckt durch den plötzlichen Lärm, mit den Flügeln.

Sie liefen ihren Freund suchend und nach ihm rufend den Waldweg entlang. Doch er war verschwunden.

Nach einigen Minuten stolperte Kevin über etwas Klobiges, das auf dem Weg lag. Er dachte, es wäre ein Stein, doch bei näherem Hinsehen erkannte er einen von Justins Schuhen.

»Wow, echt einfallsreich!«, rief er in die Nacht hinaus, »aber du kannst jetzt wieder 'rauskommen.«

»Was meinst du?«, rief Jason durch die Dunkelheit herüber.

»Ach komm, es ist doch offensichtlich, was hier läuft. Ihr hättet mich auch fast gehabt, aber jetzt habe ich euch durchschaut.«

»Ich weiß nicht, was du mein- AAHHR!!!!«

Kevin schüttelte den Kopf. Die konnten doch nicht ernsthaft glauben, dass er darauf hereinfiel. Leicht gelangweilt schlurfte er zurück zur Waldhütte und kroch wieder in seinen Schlafsack.

Sollten die Jungs doch da draußen ihre Show abziehen, er würde sich jedenfalls nicht zum Narren halten lassen.

Er hatte schon die Konsole aufgeklappt und die erste Kugel auf einen Zombie abgefeuert, als er im Augenwinkel eine Bewegung wahrnahm. Durch den Bildschirm geblendet fiel es ihm schwer, in der Hütte etwas zu erkennen, doch ihm war, als bewege sich eine dunkle Gestalt an der Hüttenwand entlang.

Endlich hatte er seine Taschenlampe im Rucksack ertastet und angeknipst. Der schmale Lichtkegel huschte über die Gartengeräte, die Säcke und eine vermummte Gestalt in schwarz.

»Hey, Jerome, hast du die Zombiemaske jetzt gegen ein schwarzes Laken eingetauscht?«, fragte Kevin die Gestalt.

Aus dem dunklen Tuch entblößte sich ein dürrer, knochiger Arm und Griff an die Kapuze der Kostümierung. Beim Anblick dieses Arms, dessen Besitzer der faltigen Haut nach mindestens neunzig Jahre als sein musste, wurde Kevin klar, dass dort nicht sein Kumpel unter dem Laken steckte.

Die Hand riss die Kapuze vom Kopf und Kevin stockte das Blut in den Adern. Kein Zombie in seinem Spiel und keine Horrorgestalt im Fernsehen konnte mit dem Grauen mithalten, das sich ihm hier offenbarte. Die in fauligem Grün angelaufene Papierhaut hing schlaff vom Schädel herab und war teilweise vom Knochen abgerissen. Durch die zurückbleibenden Löcher im Gesicht, durch die sich Maden und Würmer ihren Weg bahnten, sah Kevin auf den schwarz angelaufenen Knochen. In den tief eingesackten Augenhöhlen lagen zwei schwach rot leuchtende Augen. Die wenigen Haare auf dem Kopf der Frau waren so verschmutzt, dass sich ihre eigentlich weiße Farbe nur noch erahnen ließ. Zweige hingen darin und menschliche Finger.

Der von der Gestalt ausgehende, faulige Geruch stieg Kevin in die Nase und ließ ihn sich augenblicklich übergeben.

Immer noch würgend blickte Kevin zu der Gestalt hinüber, die sich nun langsam auf ihn zubewegte. Sie ging nicht, sondern schien knapp zwei Zentimeter über dem Boden zu schweben.

Gefangen in seinem Schlafsack gab es für Kevin kein Entkommen. Ihm blieb nichts anderes übrig, als mit angstgeweiteten Augen zuzusehen, wie die Frau sich weniger als einen halben Meter vor ihm stehend vorbeugte und ihren verwesenden Arm in seine Richtung hob. Kevin versuchte, um Hilfe zu rufen, doch seiner Kehle entrann nur ein Wimmern, das er selbst kaum hörte.

Mit einem rasselnden Geräusch holte die Hexe Luft, dann sprach sie mit einer Stimme, die klang, als würde jemand mit einer rostigen Säge auf einer verstimmten Geige spielen, und bei der sich jedes Haar an Kevins Körper sträubte: »Du bist der Nächste.«

Ihr magerer Finger, unter dessen Nagel sich der Dreck von Jahrzenten gesammelt hatte, war nur noch wenige Zentimeter von seinem Gesicht entfernt, als er endlich seine Stimme wiederfand. Nur ein einziges Wort, mehr gehaucht, als gesprochen, drang über Kevins Lippen: »Bitte.«

»Bitte?«, wiederholte die Hexe ohne die geringste Spur von Gnade in den toten Feueraugen.

»Du bettelst.

Wie so viele andere Schwächlinge vor dir auch.

Doch geholfen hat es niemandem.

Sie alle sind tot.

Gestorben, nachdem ich sie in die Vorhölle verdammt habe.

Eine Sekunde der qualvollsten Schmerzen. So schmerzhaft, dass du es dir nicht vorstellen kannst. Eine Sekunde, die sich anfühlt, wie tausend Jahre.

Kein Entkommen, keine Gnade.

Ruf um Hilfe oder sprich ein letztes Gebet. Erhören wird dich niemand.

Zeit, zu sterben, Kleiner.«

Tränen der Verzweiflung liefen seine Wangen hinunter und sein ganzer Körper zitterte vor Angst.

Kein Entkommen, keine Gnade.

»Bitte, ich gebe dir, was du willst«, stieß Kevin in seiner Todesangst hervor.

Die Hexe hielt inne. »Du gibst mir, was ich will?«, fragte sie höhnisch.

»So viele Männer haben mir die Schätze dieser Welt versprochen, wenn ich sie verschone. So viele wollten mir dienen, mir ewige Gefolgschaft schwören, wenn ich sie nur verschone.

Sie alle haben mich enttäuscht.

Ich bin der Enttäuschungen überdrüssig. Kein Geschäft, kein Handel dieses Mal. Nur der Tod.«

Es hatte schon mal jemand einen Deal gemacht. Ein winziger Funke Hoffnung keimte in Kevin auf. Er setzte alles auf eine Karte. Mit einem Flüstern – zu mehr war er nicht im Stande –

versprach er: »Versuch es. Ich werde dich nicht enttäuschen.«

»Es gibt nur eines, wonach es mich gelüstet. Das Blut einer Reinen, einer Unschuldigen. Ich kann nur Männer töten. Nur Sünder, aber du, du kannst es. Du kannst mir das köstliche Blut eines reinen Geistes bringen.«

»Was soll ich tun?«, krächzte Kevin.

»Etwas so abscheuliches, so niederträchtiges, das Generationen gestandener Mannsbilder es nicht über sich gebracht haben.«

Kevins Stimme hatte sich inzwischen fast wieder gefestigt. Dass sie nun tatsächlich verhandelten, machte ihm Mut. »Was soll ich tun?«, fragte er noch einmal.

Sie erklärte es ihm und als sie fertig war, verstand Kevin, warum so viele andere daran gescheitert waren. Ihm selbst kamen Zweifel, ob er in der Lage wäre, die bestialische Tat, die sie ihm aufgetragen hatte, zu Ende zu bringen, nur, um sein eigenes Leben zu retten.

»Du hast zwölf Monde Zeit«, sagte die Hexe. Dann sank ihr schwarzes Laken leer zu Boden.

Kevin blieb reglos in seinem Schlafsack liegen. Er hatte ein Jahr Zeit, den Auftrag auszuführen.

Ein Jahr, um sein Leben zu retten, doch seine Seele würde er dabei für immer zerstören.

Konnte er so etwas wirklich tun? Und wenn ja, war es das Wert?

Würde er danach einfach so weiterleben können, oder war es am Ende doch die unausweichliche, die einzig richtige Entscheidung, sich der Hexe zu ergeben und sich von ihr in den qualvollen Tod schicken zu lassen?

Kevin schlug die Augen auf. Er brauchte lange, bis er sich darüber im Klaren war, wo er sich befand. Schweißgebadet lag er in seinem Schlafsack auf dem Liegestuhl in der Waldhütte. Die Erinnerungen und der Schrecken der vergangenen Nacht steckten ihm tief in den Knochen.

Ein wirklich gruseliger Albtraum, den er da hatte. Die schlechte Luft in der Hütte schien ihm nicht gut bekommen zu sein.

Mühsam pellte er sich aus seinem Schlafsack und stand vom Liegestuhl auf. Sein Fuß berührte etwas Weiches. Auf dem Boden vor ihm lag ein in sich zusammengefallenes schwarzes Laken.

Ausgeliefert I

Ich bin Rosie, einundzwanzig Jahre alt, Sternzeichen Stier und ich liege im Koma. Ich bin da, aber irgendwie doch nicht. Kannst du dir vorstellen, wie das ist, wenn dein Körper dir nicht gehorcht? Deine Beine nicht, deine Arme nicht, nicht einmal die Augenlieder. Ich liege einfach nur da, starre an die Decke und warte. Warte darauf, dass irgendwas passiert, dass sich der Schalter wieder umlegt und ich einfach aufstehen kann, dass ich zurück in mein Leben kann.

Locked-in-Syndrom, so hat der Arzt es meiner Mutter an meinem ersten Tag hier erklärt, das bedeutet, ich bin bei vollem Bewusstsein, kann aber nur sehr eingeschränkt mit der Außenwelt kommunizieren. Eigentlich besteht meine einzige Möglichkeit, mich zu verständigen darin, mich an ein Brain-Computer-Interface anzuschließen. Das ist wohl eine Maschine, die quasi meine Gedanken lesen kann, aber meine Versicherung zahlt dafür nicht, sodass ich mir darüber keine Gedanken machen brauche.

Manchmal vergessen die Leute um mich herum, dass ich bei Bewusstsein bin. Sie denken, ich bekomme nichts mit, aber das stimmt nicht. Ich bekomme alles mit. Alles. Die geflüsterten Gebete meiner Mutter, dass ich doch erwachen möge, die analytischen Gespräche der Ärzte an meinem Bett, das Husten und Stöhnen aus den Nachbarzimmern und das stumme Weinen meines Vaters.

Rückblickend betrachtet war das vielleicht das Schlimmste. Zu sehen, wie dieser Mann, der mein Leben lang für mich da war, für mich stark war, an meinem Bett in sich zusammengebrochen ist.

Das ist jetzt acht Monate her. Oder vielleicht auch schon ein Jahr. Ich kann es nicht genau sagen. Irgendwann habe ich aufgehört, die Tage zu zählen. Je mehr Tage es wurden, umso monotoner wurden die Rituale hier. Jeden Morgen werde ich einmal oberflächlich von der Schwester gewaschen, dann kommt der Arzt, wirft einen Blick auf meinen Monitor, macht einen Haken auf seinem Klemmbrett und verschwindet wieder. Einmal in der Woche wird das Bettzeug gewechselt und ich werde ordentlich gewaschen und medizinisch durchgecheckt.

Anfangs kamen meine Eltern noch jeden Nachmittag vorbei, doch mit der Zeit wurden die

Besuche immer seltener. Mittlerweile kommen sie nur noch ein bis zwei Mal im Monat.

Sie haben es mir erklärt: Sie ertragen es einfach nicht, mich so zu sehen und nichts tun zu können, um mir zu helfen. Vielleicht ist es besser so, ich will nicht, dass auch sie nur noch leer vor sich hinvegetieren, wie ich es hier zu tun verdammt bin.

Das einzige weitere Gesicht, das ich regelmäßig sehe, ist das der Reinigungskraft, die jeden Abend einmal feucht durchwischt und mir dabei einen mitleidvollen Blick zuwirft.

Aber seit ungefähr zwei Wochen ist ein neues Gesicht dazu gekommen. Das eines jungen Mannes, vielleicht zwei oder drei Jahre älter als ich selbst.

Er ist der neue Nachtpfleger hier. Wenn alle anderen Feierabend machen, kommt er und passt auf, dass keiner von uns die Zügel für immer aus der Hand gibt. Zumindest sollte er das.

In den ersten paar Nächten ist er nur einmal zu Beginn seiner Schicht und einmal zum Ende hin eine Runde durch die Zimmer gegangen und hat nach uns gesehen, die restliche Zeit hat er im Aufenthaltsraum verbracht und Fern gesehen. Soweit ich das hören konnte, Wiederholungen vom A-Team. Mir kam die Titelmelodie bekannt vor, weil mein Vater sich das früher samstags morgens angesehen hat und ich mich immer dazu gesetzt habe.

Dann fing der Pfleger an, sich, nachdem er mit seiner Runde fertig war, an mein Bett zu setzten. Anfangs dachte ich noch »nett, dass sich mal jemand etwas Zeit für mich nimmt«, denn das war ich von den Ärzten, Tagespflegern und Schwestern nicht gewohnt.

Er hatte meine Patientenakte dabei.

»Du heißt also Rosemarie«, hatte er nach dem ersten Blick auf den Aktendeckel gesagt, »was für ein schöner Name. Aber schon etwas altbacken. Vermutlich wirst du Rose genannt. Oder eher Rosie.

Ich bin Daniel, dreiundzwanzig Jahre alt. Und hier der Nachtpfleger, aber das hast du dir sicherlich schon gedacht.

Also Rosie, warum bist du hier?«

Dann hatte er begonnen, sich meine Akte halblaut murmelnd durchzulesen. Ich fühlte mich nackt. Irgendwie schutzlos, während er sich durchlas, was seit geraumer Zeit mein Leben ausmachte.

Nachdem er die letzte Seite erreicht hatte, sah er mich mitleidig an.

»Schlimm, dass dir das passiert ist. Du solltest eigentlich gerade dein Leben genießen, dich mit Freundinnen treffen, auf Partys gehen, Jungs den Kopf verdrehen...

Stattdessen liegst du hier rum. Das muss schrecklich sein.«

Ich wollte eigentlich kein Mitleid, aber es war schön, dass sich mal wieder jemand mit mir beschäftigte. Er hatte sich viel Zeit für meine Akte genommen. Fast zwei Stunden saß er neben meinem Bett, dann verschwand er wieder in den Aufenthaltsraum.

Am nächsten Abend dasselbe Spiel: Er drehte seine Runde, dann setzte er sich neben mein Bett. Er begann, mir von seinem Tag zu erzählen. Einem ganz normalen, langweiligen Tag. Scheinbar schlief er nach seiner Schicht hier im Krankenhaus bis mittags und verbrachte dann die meiste Zeit damit, Rollenspiele am Computer zu spielen.

Zwischendurch verließ er mich, um sich um die Notfälle anderer Patienten zu kümmern, dann kam er wieder und erzählte mir weiter von seinem langweiligen Leben.

Je mehr ich über ihn erfuhr, umso sicherer war ich mir, dass er ein klassischer Loser war, den man in der Schule oftmals in den Papierkorb gesteckt hatte. Ich selbst habe so etwas zwar nicht gemacht, war aber bestimmt auch kein Kind von Traurigkeit gewesen.

Ich dachte über Daniels Worte vom Vorabend nach. Was würde ich jetzt wohl machen, wenn ich nicht hier liegen würde?

Ich wollte von Zuhause ausziehen. Ab in die große Stadt. Nach Düsseldorf und dort IBS studieren, mein Instagram-Profil pushen, mit meinen Freundinnen feiern gehen, leben. Und ja, wahrscheinlich hätte ich auch einigen Jungs den Kopf verdreht.

Am dritten Tag brachte Daniel mir sogar einen Strauß Blumen mit. Er zeigte sie mir kurz, bevor er sie auf den Nachttisch neben meinem Bett stellte. Sehen konnte ich sie dort zwar nicht mehr, aber riechen. Ein angenehm frischer Duft zwischen der abgestandenen Krankenhausluft und den aggressiven Reinigungsmitteldämpfen. »Wie nett von ihm. Danke, Daniel«, dachte ich.

Die beiden folgenden Nächte war Daniel nicht da. Stattdessen hatte Schwester Ljudmila Dienst. Ich mochte sie nicht. Sie war immer so rabiat und distanziert. Wegen ihrer groben und gefühllosen Art hatte ich ihr den Spitznamen ›Der Roboter‹ verpasst.

Und dann kam Daniel wieder an mein Bett. Er erzählte mir, dass er mich in den beiden vorherigen Nächten vermisst hatte. Etwas merkwürdig, aber ok, ich hätte ihn schließlich auch lieber hier gehabt als Robo-Schwester Ljudmila.

Er erzählte mir, dass er irgendwas ganz tolles in seinem komischen Rollenspiel geschafft hatte und schien mächtig stolz darauf zu sein. Wollte er mich damit etwa beeindrucken? Dann fragte er mich, was sich bei mir in den letzten beiden Tagen so getan hatte. Ein richtiger Komiker! Was sollte mir schon groß passieren? Man hatte meine Bettwäsche gewechselt und mich gewaschen, sonst war da nicht viel zu berichten.

Aber das war Daniel auch schon aufgefallen. »Du riechst gut«, hatte er gesagt, bevor er mein Bett wieder verlassen hatte. Ein merkwürdiges Kompliment von einem merkwürdigen Mann. Langsam wurde er mir etwas unheimlich.

Vermutlich hatte ich auch seinen Kopf verdreht ohne es zu wollen.

Das bestätigte er mir am nächsten Abend, als er sich wieder an mein Bett setzte und meine Hand nahm.

»Lass das«, dachte ich und versuchte, meine Hand wegzuziehen. Nichts. Nicht mal ein kleines Zucken im Finger. Meine Hand blieb so reglos liegen, als gehöre sie einer Toten. Nur etwas wärmer.

»Du hast so weiche Haut«, sagte Daniel.

Langsam strich seine Hand an meinem neben der Bettdecke liegenden Arm hinauf. Dann klingelte irgendwo auf dem Flur eine Notfallglocke und Daniel sprang auf. Gott sei Dank! Vorerst gerettet.

Es schien etwas Ernstes zu sein, denn in dieser Nacht kehrte Daniel nicht mehr zurück. Dafür aber in der nächsten. Wieder verharrte er neben meinem Bett, berührte mich, flüsterte mir zweifelhafte Komplimente ins Ohr.

»Hilfe, Hilfe! Befreit mich von ihm!«

Ein weiteres Mal rette mich die Notfallglocke vor Daniel. Dieses Mal aber zu einem höheren Preis. Der Patient, der Alarm geschlagen hatte, verstarb noch in der Nacht.

Wieder eine Schicht überstanden, doch so konnte es nicht weitergehen. Ich konnte nicht

Nacht für Nacht auf die Notfälle anderer Patienten hoffen.

Ich hatte die ganze Zeit, die ich hier lag, noch nicht so intensiv versucht, aufzustehen, gegen mein Leiden anzukämpfen. Doch es half nichts. Meine Arme und Beine blieben reglos liegen.

Viel zu schnell brach wieder der Abend herein und das Personal wünschte sich gegenseitig einen schönen Feierabend. Dann kam Daniel auf die Station.

Er machte seine Runde durch die Zimmer bis er schließlich in meinem stand. Er nahm jedoch nicht wie gewohnt in dem Stuhl neben meinem Bett Platz, sondern setzte sich direkt neben mich auf die Matratze. Er nahm meine Hand in seine, streichelte sie eine Zeit lang und flüsterte dann: »Ich liebe dich.«

Dann beugte er sich vor. Kam meinem regungslosen Gesicht immer näher...

Ausgeliefert II

Medizin zu studieren war schon immer mein großer Traum. Bereits im Kindergarten wollte ich mit den anderen Kindern immer nur Arzt spielen.

Leider machte mir die Realität einen Strich durch meine Träume. Mit einem Abischnitt von 2,7 kann man nicht Medizin studieren. Zumindest nicht, ohne vorher zwanzig Wartesemester anzusammeln. Und genau das mache ich jetzt.

Mein Name ist Daniel, ich bin dreiundzwanzig Jahre alt und um mir den Lebensunterhalt bis zum Beginn meines Studiums zu finanzieren, arbeite ich zurzeit als Nachtpfleger in einem Krankenhaus. So kann ich immerhin schon ein bisschen mit Menschen arbeiten und lerne den Beruf des Arztes schon mal ein wenig kennen.

Die meisten meiner ohnehin wenigen Freunde sind in andere Städte gezogen, um dort zu studieren. Da ich mich schon immer ein wenig schwerer damit getan habe, neue Leute kennen zu lernen, verbringe ich jetzt die meiste Zeit, wenn ich nicht arbeiten muss, alleine vor meinem Computer. Es heißt ja immer, dass diese Online-Rollenspiele süchtig machen würden. Was soll ich sagen? Das stimmt!

Aber es lenkt auch prima von den eigenen Problemen ab. Wenn ich vor dem Computer sitze und mit meinem Avatar durch fremde Welten laufe, denke ich kaum an die lange Wartezeit, bis ich mein Studium endlich beginnen kann, die wenig erfüllende Arbeit als Nachtpfleger oder die teilweise dramatischen Schicksale der Patienten, die ich betreue.

Vor ein paar Tagen habe ich im Krankenhaus die Station gewechselt. Und da lag sie. Sie ist mir direkt in der ersten Nacht aufgefallen: Rosie Hofbauer.

Schon in der Schule hatte ich ein Auge auf sie geworfen. Sie war zwei Stufen unter mir, aber leider nie auf derselben Wellenlänge. Ich glaube, sie hat mich nicht einmal bemerkt, aber für mich war sie oftmals der einzige Grund, überhaupt morgens aufzustehen und in die Schule zu gehen. Sie anzusprechen habe ich mich aber nie getraut.

Und nun lag sie plötzlich vor mir. Zum Greifen nah und doch so fern.

Ich versuchte, sie zu ignorieren, meine sofort wieder aufflammenden Gefühle zu verdrängen, doch es ging nicht. Länger als zwei Tage hielt ich diese Selbstverleugnung nicht durch.

Ich musste zu ihr, sie sehen, mit ihr sprechen.

Zunächst las ich mir ihre Akte durch. Locked-in-Syndrom. Ich konnte es kaum ertragen, diesen gefallenen Engel so hilflos da liegen zu sehen.

Ich war im Zwiespalt meiner Gefühle gefangen. Einerseits machte es mich glücklich, bei ihr zu sein, andererseits spürte ich, wie mich ihre und auch meine eigene Hilflosigkeit fertig machten.

Da ich wusste, dass ich diesem Schmerz nicht gewachsen war, stellte ich einen Versetzungsantrag, zurück auf meine alte Station. Diesem wurde entsprochen und man teilte mir mit, dass ich ab der nächsten Woche wieder Dienst an meinem alten Arbeitsplatz leisten sollte.

Vier Tage blieben mir mit Rosie. Vier Tage, ihr noch nahe zu sein, ihr alles zu sagen, was in mir vorging. Auch wenn ich wusste, dass sie mir nicht antworten konnte und wahrscheinlich ohnehin nicht dasselbe fühlte, so brauchte ich doch diesen Abschluss für mich, um wieder nach vorne blicken zu können.

Bisher hatte ich nur ein bisschen Smalltalk mit ihr gehalten. Belangloses Geplauder, um überhaupt etwas zu sagen. Anfangs habe ich mich vorgestellt und so getan, als wenn ich ihren Namen erst aus der Akte erfahren hätte. Wie schon erwähnt, ich bin nicht besonders gut in sowas. Ich rang mit mir. Das Überwinden dieser inneren Hürde – so lächerlich sie auch sein mochte – bereitete mir erhebliche Probleme.

Mehrmals versuchte ich, einen passenden Einstieg in dieses einseitige Gespräch zu finden, doch es wollte mir einfach nicht gelingen. Schließlich ergriff ich ihre Hand. Ich wusste, damit überscheite ich eine Grenze, sowohl für mich als wahrscheinlich auch für sie, aber es musste sein. Ohne diese körperliche Nähe konnte ich einfach kein Gespräch beginnen.

Gleich zweimal hielten mich die Notfälle anderer Patienten davon ab, mein Vorhaben in die Tat umzusetzen. Erst in der dritten Nacht hatte ich schließlich Glück.

Ich setzte mich direkt neben ihr auf das Bett. Ich wollte ihr noch ein letztes Mal nahe sein. Ich sah sie an. Ihr makelloses Gesicht vor Augen, ihren betörenden Duft in der Nase und ihre Hand in meiner. Ihre wunderbar weiche Hand. Ich verlor mich in Gedanken an eine gemeinsame Zukunft. Das machte es nicht einfacher, auch wenn ich wusste, dass es Wunschdenken war. Der

Traum von einem Leben, das ich nie führen würde. Zumindest nicht mit ihr.

Mit aller Mühe riss ich mich zurück ins hier und
jetzt. Die Gegenwart, die Realität.

Wie sollte ich ihr bloß sagen, was ich dachte?
Wie erklären, was ich fühlte? Wie verdeutlichen,
was sie mir bedeutete?

Meine Gefühle, die da waren, sie, die irgendwie
nicht da war und die Umstände, die zwischen uns
standen.

Wie kann etwas so einfaches so kompliziert
sein?

Am besten bringe ich es wohl auf den Kern der
Sache. Den Grund für das ganze Dilemma. Das
ganze komplexe Problem verpackt in drei kleinen
Worten, die doch so schwer über die Lippen zu
bringen sind: »Ich liebe dich.«

Ich beugte mich vor und gab ihr einen seichten
Abschiedskuss auf die Stirn. Dann verließ ich sie.
Für immer.

Die Jagd beginnt

Dem Unterricht folgte Torben heute überhaupt nicht. So wie in eigentlich jeder Mathestunde. Und er war bei Weitem nicht der Einzige. Herr Euler schaffte es in wirklich jeder einzelnen Stunde, die Klasse nach wenigen Worten zum Dösen zu bringen. Aber während seine Mitschüler abschalteten, weil sie überfordert waren, ließ Torben seine Gedanken von der Langeweile getrieben schweifen. Den Stoff, den das Mathebuch für dieses Schuljahr vorsah, kannte er bereits in und auswendig. Er hatte in einer der ersten Mathestunden nach den Sommerferien das Lehrbuch durchgeblättert und die Materie auf Anhieb verstanden. So ging es ihm eigentlich meistens. Wenn sich andere schwer taten und stunden-, manchmal tage- oder sogar wochenlang lernen mussten, hatte er das Konzept nach dem ersten Lesen verinnerlicht und begriffen. Das war auch der Grund, warum er vor einiger Zeit zwei Schuljahre übersprungen hatte. Seine Probleme lagen eher in Bereichen, die den meisten anderen Menschen leicht fielen: Interaktion, Kommunikation,

Konversation. Torben konnte einfach nicht gut mit Menschen.

Früher hatte ihn das nicht gestört, doch jetzt, mit sechzehn Jahren, mitten in der Pubertät, wünschte er sich doch das eine oder andere Mal, es fiele ihm leichter, auf Menschen zuzugehen.

Aus einer der Sitzreihen weiter vorne im Klassenzimmer flog ihm ein Papierkügelchen entgegen und verfing sich in seinen Haaren. Er machte sich gar nicht erst die Mühe, es herauszufischen, denn er wusste, da kommen noch mehr. Außerdem nahm er es kaum wahr. Seine Gedanken waren einige Stunden vorausgeeilt und verweilten bei dem Termin, den er heute Nachmittag hatte.

Ein Neurologe an der Uniklinik in der Nachbarstadt hatte angeboten, seine Gehirnaktivitäten zu messen. Er hatte irgendeine bahnbrechende Idee für seine zweite Doktorarbeit gehabt und suchte nun händeringend nach hochbegabten oder zumindest überdurchschnittlich intelligenten Menschen, die er für seine Studie untersuchen konnte. Neben einer Aufwandsentschädigung von fünfzig Euro hatte ihm der Neurologe, Doktor Taxis, für seine Teilnahme ein Vollstipendium an einer Universität seiner Wahl angeboten.

Torben musste nicht lange überlegen, bevor er zugesagt hatte. Das war seine Chance, aus dem Dreitausend-Seelen-Dorf, das er sein Zuhause nannte, zu entkommen und seinen Intellekt endlich sinnvoll nutzen zu können. Und alles, was er dafür tun musste, war, ein paar Stunden mit Elektroden am Kopf da zu sitzen und sich zu langweiligen. Also eigentlich nichts anderes, als hier im Unterricht auch – nur, dass er hier auch noch dafür bezahlt wurde.

Siebenundzwanzig Minuten und fünfzehn Papierkügelchen später klingelte endlich die Glocke und verkündete das Ende des Unterrichts. Während seine Mitschüler eilig ihre sieben Sachen in ihre Schultaschen schmissen und fluchtartig aus dem Raum stürmten, packte Torben gemächlich zusammen und trottete dann zur Bushaltestelle, um in die Nachbarstadt zur Uniklinik zu fahren.

Dort angekommen verwies man ihn jedoch am Empfang zu einer kleinen, extra für diese Forschungsarbeit angemieteten Praxis einige Straßen weiter. Torben verließ die Klinik und blickte auf seine Armbanduhr. Trotz dieses Umwegs würde er es noch rechtzeitig schaffen. In gemütlichem Tempo ging er zu der Adresse, die man ihm am Empfang der Uniklinik genannt hatte, und stellte fest, dass es sich bei der Praxis um das erste Obergeschoss eines mehrgeschossigen Neubaus handelte, dessen restliche Etagen als Wohnraum dienten.

Torben klingelte bei der Praxis und nach wenigen Sekunden brummte der elektrische Türöffner. Er stieß die Tür auf und betrat das kühl wirkende Treppenhaus. Es gab zwar auch einen Aufzug, aber Torben entschied sich für den Aufstieg zu Fuß.

Die Praxis war sehr modern eingerichtet. Die Wände waren etwa bis auf Schulterhöhe in einem hellen Blau gestrichen, darüber, sowie auch die Decke, in Weiß. Weiß waren auch die in die weiteren Zimmer führenden Türen, ihre Rahmen und die Theke, hinter der eine junge, blonde Empfangsdame saß. Mit einem strahlenden Lächeln, bei dem sie ihre makellos weißen Zähne präsentierte, begrüßte sie Torben.

Sie reichte ihm ein Anmeldeformular auf einem Klemmbrett und einen Kugelschreiber, dann verwies sie ihn in das Wartezimmer, wo er die insgesamt acht Seiten Papier, die sie ihm gereicht hatte, ausfüllen sollte.

Im Wesentlichen handelte es sich um Einverständniserklärungen und Fragen zu seiner medizinischen Vorgeschichte. Die notwendige Zustimmung seiner Eltern zu dieser Untersuchung hatte er bereits vor einigen Tagen per Post zugeschickt.

Nachdem er die Dokumente ausgefüllt hatte, reichte er sie der Dame am Empfang zurück und setzte sich erneut ins Wartezimmer. Er starrte das Bild an der Wand gegenüber an. Der Nachdruck eines Werks von Salvador Dalí: ›Die Beständigkeit der Erinnerung‹. Torben musste lachen. Wie passend, ein Bild von verrinnender Zeit in einem Wartezimmer. Doktor Taxis oder bald vermutlich Doktor Doktor Taxis hatte Sinn für Humor.

Neben Torben blubberten einige Blasen in einem Wasserspender empor. Torben ging hinüber und nahm sich einen Pappbecher, den er unter dem neuerlichen Blubbern des Spenders füllte.

Als er sich wieder setzte, hörte er die Praxistür, die wie auch Theke der Empfangsdame durch eine Trennmauer seinem Blick verborgen blieb, aufgehen, gefolgt von einem nervösen Kichern.

Gedämpft drangen die kaum verständlichen Worte der Empfangsdame an sein Ohr, dann betraten zwei Mädchen, etwa ein bis zwei Jahre älter als er selbst, das Wartezimmer.

Nur eine von ihnen hatte ein Klemmbrett mit dem Anmeldeformular dabei. Daraus schloss Torben, dass es sich bei dem zweiten Mädchen um eine Freundin handelte, die sie nur begleitete. Das Mädchen mit dem Klemmbrett hatte eine gewisse Ähnlichkeit mit Mila Kunis, fand Torben. Die Filme mit ihr hatte er sich immer gerne angeschaut. Ihre Freundin hatte zu einem Zopf zusammengebundene, lange Haare mit einem leichten Rotstich. Sie war so stark überschminkt, dass es unmöglich war, zu erahnen, wie ihr Gesicht wohl unter der Tonne Make-up aussah.

Sie funkelte ihn böse an und Torben fiel auf, dass er die beiden Mädchen anstarrte. Nur um beschäftigt zu sein, zog er sein Handy aus der Tasche.

Kein Empfang. Egal, die meisten Apps funktionierten auch ohne Internet. Torben öffnete eine App mit Logikrätseln. Natürlich spielte er das Spiel auf der schwersten Stufe, dennoch kamen ihm die zu lösenden Aufgaben nicht sonderlich anspruchsvoll vor. Vermutlich wären seine Mitschüler schon am Anfängerniveau gescheitert, überlegte er und unterdrückte bei dem Gedanken an ihre überforderten Mienen ein Lachen.

Eigentlich war es nicht seine Art, herablassend gegenüber seinen Mitmenschen zu agieren, aber es gab einfach Tage, an denen ihn die anderen dahintrieben, dass er sich in den Worten Sokrates´ bestätigt sah, der sie als glückliche Schweine bezeichnete. So jedenfalls interpretierte Torben die Weisheiten des alten Griechen.

Irgendwie ein tröstlicher Gedanke, dass auch Sokrates vom einfachen Volk nicht verstanden worden war, auch wenn das für ihn kein sonderlich gutes Ende nahm...

Mit dem Gedanken an den Schierlingsbecher leerte Torben seinen Wasserbecher und löste weiter die Rätsel seiner App, bis die Sprechstundenhilfe vom Empfang ins Wartezimmer kam und ihn bat, ihr zu folgen.

Sie führte ihn in einen Untersuchungsraum zwei Türen neben dem Wartezimmer. Dort stand mitten in dem kleinen Raum ein Tisch mit einem Monitor, aus dem zahlreiche Kabel abgingen, die zu einer Steckdose, Kopfhörern und einer Computermaus führten. Die meisten jedoch führten zu einer neben dem Monitor liegenden weißen Kappe mit zahlreichen Elektroden daran.

Hinter dem Tisch stand eine bequem wirkende Liege, die entfernt an einen Zahnarztstuhl erinnerte. Ansonsten war der Raum vollkommen leer. Nur dieser Tisch, die Liege und zwei Türen. Durch die eine hatten sie den Raum gerade betreten, die andere war eine milchige Glastür, hinter der Torben meinte, ein weiteres Treppenhaus erkennen zu können.

»Ich muss Sie bitten, alle elektrischen Geräte und metallenen Gegenstände, die Sie am Körper tragen, abzulegen«, sagte die Sprechstundenhilfe und streckte Torben eine kleine blaue Plastikwanne entgegen. Folgsam legte er Handy, Armbanduhr und Gürtel in die Wanne und klopfte sicherheitshalber noch einmal seine Hosentaschen ab.

»Gut, Ihren Rucksack können Sie da in die Ecke stellen und sich schon mal hinsetzen. Der Doktor kommt gleich und bespricht mit Ihnen alles Weitere«, erklärte die Sprechstundenhilfe, dann verließ sie mit der Plastikwanne das Zimmer und schloss die Tür hinter sich.

Ein wenig missmutig blickte Torben sich in dem weitgehen leeren Zimmer um. Es hatte eine kalte Ausstrahlung. Unwillkürlich fühlte er sich an ›Cäsar‹ aus Planet der Affen erinnert.

Nachdem er seinen Rucksack mit den Lehrbüchern und Schulheften neben der Milchglastür abgestellt hatte, setzte er sich auf die Liege und betrachtete die vor ihm stehenden Utensilien genauer: Der Monitor war eines dieser teuren Geräte mit Bildschirm und Rechner in einem und auch die Kopfhörer, die daran angeschlossen waren, waren von einer etwas kostspieligeren Marke. Von der Elektrodenkappe hatte Torben keine Ahnung, fand jedoch, dass die vielen Kabel, die diese mit dem Monitor verbanden, unnötig lang waren. Fein säuberlich zusammengerollt lagen sie auf dem Tisch. Torben schätze sie auf bestimmt sieben Meter, wenn man sie abrollte und fragte sich, wer auf die Idee kam, so lange Kabel anzuschließen, da doch im Normalfall nicht mehr als ein Abstand von höchstens zwei Metern zwischen Monitor und Patient zu erwarten war.

Doktor Taxis betrat das Zimmer. Torben war überrascht, sich einem Mann in den Dreißigern gegenüber zu sehen. Er hatte damit gerechnet, dass jemand, der an seinem zweiten Doktortitel arbeitete und dafür eine so kostspielige Forschung betrieb, weit über fünfzig sein müsse.

Der Neurologe bedankte sich zunächst bei Torben für seine Bereitschaft, bei der Studie mitzumachen, dann erklärte er ihm, dass die Untersuchung etwa zweieinhalb Stunden dauern würde, in denen es für Torben nichts weiter zu tun galt, als mit den Kopfhörern am Ohr und der Elektrodenkappe auf dem Kopf die Zeit totzuschlagen.

Torben ärgerte sich, dass er kein Buch mitgenommen hatte. Die Schulbücher in seiner Tasche brachten ihn nicht weiter, denn die lesenswerten Stellen daraus kannte er bereits und die restlichen Inhalte waren es nicht wert, auch nur eines Blickes gewürdigt zu werden.

Doktor Taxis bediente die Computermaus und stellte an dem Monitor alles für das Experiment ein. Dann reichte er Torben die Elektrodenkappe und kontrollierte, nachdem Torben sie sich übergezogen hatte, deren korrekten Sitz. Anschließend reichte er ihm noch die Kopfhörer, bedankte sich noch einmal, wünschte viel Spaß, startete das Programm und verließ dann, die Tür hinter sich schließend, den Raum.

Viel Spaß, na klar! Torben ließ sich in die Liege sinken und beobachtete eine Zeit lang den Bildschirm. In einem Diagramm zeichneten sich langsam verschiedene unregelmäßige Linien. Sie hatten keine Beschriftung und auch die Achsen des Diagramms gaben keinerlei Auskunft darüber, was genau dort gemessen wurde.

Torben sah auf die Linien und versuchte eine Regelmäßigkeit in den Aufzeichnungen zu finden, die seinem Gehirn dort bescheinigt wurden.

Schließlich schloss er die Augen, faltete die Hände im Schoß und versuchte, sich in Gedanken an einen weniger langweiligen Ort zu flüchten, doch es wollte ihm nicht gelingen. Stattdessen fragte er sich, warum er eigentlich die Kopfhörer tragen sollte, denn soweit er das beurteilen konnte, waren diese komplett stumm. Seit die Aufzeichnung angefangen hatte, war noch nicht ein Geräusch aus ihnen gedrungen.

Er öffnete seine Augen wieder und sah abermals auf den Bildschirm. Warum hatte das Mistding eigentlich keine Uhrzeitanzeige? Torben hatte keine Ahnung, wie lange er jetzt schon auf der Liege saß. Gefühlt mussten die zweieinhalb Stunden schon lange vorbei sein, doch er wusste, dass es vermutlich noch keine halbe Stunde war, die er in diesem Raum verbracht hatte. Erstaunlich, wie sehr sich die Zeit dehnen kann. Vermutlich hatte Einstein damals auch schon einen Termin bei Doktor Taxis´ Urgroßvater, als er seine Theorien entwickelt hat.

Was genau sollte dieses Experiment hier eigentlich zeigen? Wäre es nicht deutlich sinnvoller gewesen, seine Gehirnaktivität zu messen, während er irgendwelche Aufgaben löste oder komplexe Sachverhalte studierte? Und was zum Teufel sollten diese nutzlosen Kopfhörer, die allmählich anfingen, auf seine Ohrmuscheln zu drücken?

Torbens Gedanken wanderten zu den Mädchen aus dem Wartezimmer. Denen kam die Zeit hier bestimmt nicht so langweilig vor, sie konnten sich ja immerhin unterhalten. Vermutlich über Guidos Motto für diese Woche. Zumindest die Mädchen aus seiner Klasse kannten scheinbar kein anderes Thema. Aber die waren ja auch durchschnittlich. Das Mila Kunis Double war vermutlich wie er, sonst wäre sie ja nicht hier bei Doktor Taxis in der Studie. Interessierte sich so jemand auch für ›Shopping Queen‹? Torben hatte keine Ahnung.

Er merkte, dass er langsam einen trockenen Mund bekam. Um sich abzulenken, versuchte Torben, sich das Wochenmotto ins Gedächtnis zu rufen. Er hatte am Vormittag gehört, wie es eine seiner Mitschülerinnen aufgesagt hatte. Da es ihn jedoch nicht interessierte, war es ihm zum einen Ohr hinein, zum anderen wieder hinaus geflattert, wie man so schön sagte.

Irgendwas mit einer Jogginghose. *Zeige deine neue Jogginghose?* Nein. *Kreiere einen Look mit deiner Jogginghose?* Das könnte es gewesen sein.

Vom Sofa auf den Laufsteg, überzeuge in einem stylischen Look rund um deine neue Jogginghose! Das war es.

Torbens Mund fühlte sich absolut ausgetrocknet an. Der Durst, den er verspürte, wurde langsam unerträglich. Die Kabel der Kappe waren vermutlich lang genug, um bis zum Wasserspender im Wartezimmer zu kommen, aber das Kopfhörerkabel zwang ihn, in einem Radius von zwei Metern zum Monitor zu bleiben. Damit kam er gerade mal in Griffweite zur Zimmertür.

Mila hatte es gut, die konnte einfach ihre Freundin zum Wasserholen schicken.

Sein Mund verdorrte. Kurz entschlossen nahm Torben die nutzlosen Kopfhörer ab. Er griff die auf dem Tisch liegenden Kabel und ging zur Zimmertür. Mit einem vorsichtigen Blick hinaus öffnete er sie und sah sich in dem Flur der Praxis um. Die seinem Raum gegenüberliegende Tür stand offen. In dem dahinter liegenden Raum saßen Mila auf der Liege und ihre Freundin auf einem Stuhl daneben. Auch Mila trug eine Elektrodenkappe und die dämlichen Kopfhörer. Das hielt sie aber nicht davon ab, sich angeregt mit ihrer Freundin zu unterhalten. Sie waren sogar so tief in ihr Gespräch vertieft, dass sie Torben gar nicht bemerkten.

Außer den beiden war niemand zu sehen. Torben wickelte langsam die Kabel in seiner Hand ab und schlich zum Wasserspender. Auch die Theke am Empfang und das Wartezimmer waren menschenleer.

Torben füllte sich einen Becher und trank diesen dann in einem Zug leer. Er füllte ihn erneut und schlich, die Kabel hinter sich herziehend, zurück in sein Zimmer.

Dort legte er sich wieder auf die Liege, stellte den vollen Becher vor sich auf dem Tisch ab und begann, die Kabel wieder ordentlich aufzuwickeln und auf dem Tisch zu drapieren.

Anschließend genehmigte er sich noch einen Schluck aus dem mitgebrachten Becher und setzte seine Kopfhörer wieder auf. Nach wie vor kam kein Laut daraus.

Durch die Tür, die er hinter sich nicht wieder verschlossen hatte, blickte Torben über den Flur in das Nachbarzimmer. Mila mit ihrer Elektrodenkappe konnte er nicht sehen, dafür aber ihre überschminkte Freundin.

Inzwischen hatte diese auch bemerkt, dass sie einen Beobachter hatte, doch offensichtlich hatte sich ihre Laune im Vergleich zum Wartezimmer stark verbessert, denn nun lächelte sie Torben sogar kurz an, bevor sie sich wieder in das Gespräch mit ihrer Freundin vertiefte.

Torben nahm noch einen Schluck aus seinem Becher. Als er ihn wieder absetzte, passierten mehrere Dinge gleichzeitig:

Der Monitor vor ihm wurde schwarz, aus dem Kopfhörer drang auf der rechten Seite ein das gesamte Frequenzspektrum abdeckender, ohrenbetäubender Krach, der Torben das Gefühl gab, sein Trommelfell wäre geplatzt, und aus seinem rechten Nasenloch schoss eine scharlachrote Fontäne.

Die Blutfontäne hatte solch eine Intensität, dass Torbens erster absurder Gedanke war, sein Gehirn wäre von dem aus dem Lautsprecher dringenden Getöse geplatzt. Seine rechte Hand fuhr augenblicklich in sein Gesicht und drückte das rechte Nasenloch zu, während er sich mit der linken Hand den Kopfhörer von den Ohren schlug.

Er stieß einen Schmerzensschrei aus. Und er war nicht der einzige, der schrie. Torben glaubte, auf dem rechten Ohr taub zu sein, doch mit sei-

nem linken hörte er die panischen und schmerz-
erfüllten Schreie der beiden Mädchen aus dem
gegenüberliegenden Raum. Er riss sich die ohnehin verrutschte Elektrodenkappe vom Kopf und
war sofort auf den Beinen. Er wollte zu ihnen und
ihnen helfen, auch wenn er nicht die geringste
Idee hatte, wie er das tun sollte.

Auf dem Flur blickte er kurz zur Eingangstür
der Praxis, durch die gerade Doktor Taxis gefolgt
von drei muskulösen Männern eilte. Er reagierte
instinktiv. Er wusste nicht, warum, aber er erkannte, dass die Männer nicht kamen, um ihnen
zu helfen und rief den Mädchen zu, sie sollen sofort zu ihm kommen.

Die Doppelgängerin von Mila Kunis hielt sich
beide Ohren zu, während das Blut aus ihrer Nase
auf den Tisch vor ihr lief. Sie konnte ihn nicht
hören, doch ihre Freundin griff sie am Arm und
zog sie mit sich auf Torben zu.

Der wiederum war bereits zurück in sein
Zimmer und auf die Milchglastür zugerannt. Er
hoffte inständig, dass sie sich öffnen ließ und
stieß einen freudigen Ruf aus, als er sie ohne jeden Wiederstand aufstieß.

Dicht gefolgt von den beiden Mädchen rannte
er ins Treppenhaus. Hinter sich hörte er Doktor

Taxis rufen: »Schnell, beeilt euch, sie versuchen zu fliehen!«

Halb rennend, halb springend jagten sie über die Treppe. Auf den hell marmornen Stufen ließen sie eine Spur roter Flecken zurück. Eine Blutspur, die es dem verrückten Wissenschaftler und seinen Schergen leicht machen würde, sie zu verfolgen.

Als sie das Erdgeschoss erreichten und durch eine weitere Milchglastür auf die Straße gelangten, fanden sie sich inmitten der belebten Innenstadt wieder.

Auf offener Straße würde selbst Doktor Taxis es nicht wagen, ihnen etwas anzutun. Sie waren vorerst in Sicherheit.

»Und jetzt?« fragte Mila.

»Erst mal zur Polizei« antwortete Torben und rannte weiter. Immer weiter die Straße entlang. Ohne einen Blick zurück.

Hand in Hand

Der erste Kindergartentag. Ich – gerade drei Jahre alt – stehe mit meinen Eltern vor diesem großen Gebäude, aus dem so viele fremde Stimmen dringen. Menschen, die ich nicht kenne und die mir Angst machen. Und dann kommst du. Du siehst mich freundlich an, nimmst meine Hand und sagst nur: »Komm mit.«

Und ich komme mit. Gemeinsam in einen neuen Lebensabschnitt. Hand in Hand.

Drei Jahre später stehe ich vor der Grundschule. Dieselbe Situation: Ein großes Gebäude, aus dem so viele fremde Stimmen dringen, die mich ängstigen. Bei mir sind wieder meine Eltern. Sie stehen hinter mir und wünschen mir viel Spaß. »Nun beginnt der Ernst des Lebens«, sagen sie. Das einzige, das fehlt, bist du.

Ich denke an dich und fasse Mut. Der erste Schritt in die Zukunft. In Gedanken gehen wir Hand in Hand.

Noch einmal vier Jahre später stehe ich vor dem Gymnasium. Nach der Grundschule der nächste Schritt. Inzwischen habe ich keine Angst mehr vor den vielen fremden Stimmen, die mir entgegenschlagen. Auch meine Eltern sind dieses Mal nicht dabei. Ein bisschen mulmig ist mir schon.

Und aus dem Nichts kommst du. Fast hätte ich dich nicht erkannt. Doch du siehst mich nur freundlich an. Wir gehen gemeinsam auf das Neue zu. Hand in Hand.

Die erste Abiturprüfung. Heute wird sich zeigen, ob sich die letzten neun Jahre des Lernens bezahlt gemacht haben. Ich war noch nie so nervös und angespannt. Ich stehe vor dem Klassenraum und schaffe es kaum, ein Bein vor das andere zu setzen, zu dieser Prüfung anzutreten.

Du stehst neben mir und siehst mich genervt an, dann sagst du: »Nun komm endlich.«

Du nimmst meine Hand und ziehst mich hinter dir her. Jetzt beginnt der wahre Ernst des Lebens. Hand in Hand.

Auseinandergerissen vom Leben. Ich hatte meine Ausbildung, du dein Studium. Wir wollten uns in den Semesterferien sehen, doch immer kam etwas dazwischen. Die Nachrichten, die wir uns schrieben wurden seltener, die Anrufe kürzer. Wir verloren uns aus den Augen, aber niemals aus dem Sinn.

Und auch wenn du nur noch in Gedanken bei mir bist: Wenn ich dich brauche, spüre ich dich bei mir. Denn dann gibst du mir Mut, dann siehst du mich nur freundlich an und wir gehen wieder Hand in Hand.

Nach zehn Jahren dann das große Wiedersehen beim Klassentreffen. Wir sehen beide anders aus, doch zwischen uns ist alles noch wie damals. Keine Veränderung, als wäre die Zeit einfach stehen geblieben. Plötzlich merke ich, da ist noch etwas mehr. Ich will dich nicht mehr gehen lassen und wir beide sehen uns an.

Dann schleichen wir von Klassentreffen fort. Gemeinsam in die Nacht. Hand in Hand.

Und heute stehen wir zwei vorm Traualtar. Einander fest versprochen wollen wir uns niemals wieder trennen. Die Familien, Freund und Kollegen in der Kirche auf den Bänken. Der Pfarrer gibt uns seinen Segen. Er sagt, ich darf die Braut nun küssen.

Unsere Lippen ganz fest aufeinander und wir beide Arm in Arm.

Gemeinsam in die Zukunft und für immer Hand in Hand.

Schlusswort des Autors

Liebe Leserin, lieber Leser,
nun sind Sie am Ende dieser kleinen Geschichtensammlung angekommen.

Ich hoffe, Sie wurden gut unterhalten und nehmen mir die teilweise »unbefriedigenden« Ausgänge der Geschichten nicht allzu krumm. Aber zu meiner Verteidigung: Ich habe im Untertitel sieben Kurzgeschichten angekündigt und eines der Merkmale einer Kurzgeschichte ist nun mal ein offenes Ende. Ob es sich nun wirklich um Kurzgeschichten handelt, darüber sollen sich die Deutschlehrer/innen streiten.

Ich jedenfalls finde die offenen Enden bieten einen versöhnlicheren Abschluss dieser doch recht kurzen Episoden. So kann sich jeder selbst überlegen, wie die Geschichte enden soll. Kommt es zu einem happy End oder gewinnt am Ende doch das Böse?

Wenn es Ihnen jedoch keine Ruhe lassen sollte, dann teilen Sie mir dies mit und vielleicht schreibe ich irgendwann mal ein ›Buch der offenen Enden‹, in dem ich alle noch offenen Fragen beantworte und die Geschichten, die ich hier angefangen habe zu einem Abschluss bringe.

Bis es aber soweit ist, haben Sie noch die Möglichkeit, sich mit meinen anderen Werken die Zeit zu vertreiben. Zum Beispiel mit ›Schamlos‹, einer Geschichte von drei Freunden, die ihren ersten Urlaub ohne Eltern auf Mallorca verbringen und dabei einen Wettbewerb der besonderen Art austragen. Ich muss Sie aber warnen: Dem Thema und Titel entsprechend geht es bei ›Schamlos‹ ein wenig vulgärer zu als hier.

Wenn Sie die Geschichten ab- oder nachdrucken möchten, zum Beispiel, weil sie Deutschlehrer/in sind und Ihre Schüler/innen untersuchen lassen wollen, ob es sich tatsächlich um Kurzgeschichten handelt, dann kontaktieren Sie mich bitte, um eine Genehmigung (die ich sehr gerne erteile) einzuholen.

Jetzt bleibt mir nur noch, Ihnen zu danken, dass Sie sich für ein Werk von mir entschieden (oder es von jemandem aufgenötigt bekommen haben) und bis zum Ende durchgehalten haben.

So ende ich nun, wie ich angefangen habe, mit Edgar Allen Poe:

Und der Rabe weichet nimmer
sitzt noch immer, sitzt noch immer
Auf der blassen Pallasbüste
ob der Türe hoch und her;
Sitzt mit geisterhaftem Munkeln,
seine Feueraugen funkeln
Gar dämonisch aus dem dunkeln,
düstern Schatten um ihn her;
Und mein Geist wird aus dem Schatten,
den er breitet um mich her,
Sich erheben   nimmermehr!

Sie finden mich auch in den sozialen Netzwerken:

Twitter: @The_SHT1
Facebook: @SHTofall
Instagram: the_sht1

Und vielleicht auch bald als Blog...